爱让我们瞬间长大
AI RANG WOMEN SHUNJIAN ZHANGDA

王国军 主编

江西教育出版社
JIANGXI EDUCATION PUBLISHING HOUSE

图书在版编目（ＣＩＰ）数据

爱让我们瞬间长大 / 王国军主编 . -- 南昌 ： 江西
教育出版社， 2015.7（2019.7 重印）
（悦读文库）
ISBN 978-7-5392-8200-8

Ⅰ．①爱… Ⅱ．①王… Ⅲ．①散文集－中国－当代
Ⅳ．① I267

中国版本图书馆 CIP 数据核字（2015）第 164952 号

悦读文库
爱让我们瞬间长大
AI RANG WOMEN SHUNJIAN ZHANGDA
王国军 / 主编

江西教育出版社出版
（南昌市抚河北路 291 号 邮编：330008）
各地新华书店经销
日照教科印刷有限公司
720 毫米 ×1000 毫米 16 开本 13.5 印张 字数 165 千字
2015 年 8 月第 1 版 2019 年 7 月第 2 次印刷 印数 10000 册
ISBN 978-7-5392-8200-8
定价：28.00 元

赣教版图书如有印制质量问题，请向我社调换 电话：0791-86710427
投稿邮箱：JXJYCBS@163.com 来稿电话：0791-86705643
网址：http://www.jxeph.com

赣版权登字 -02-2015-398

目 录

第一辑 每一个眼神都含着爱的关切

第二辑 父母的岁月，儿女的情长

第三辑　点一盏爱的心灯

第四辑　母亲是儿子的根

第五辑　生命从来不是靠自己长大的

第六辑　我愿意给你我的生命

 ## 第一辑
每一个眼神都含着爱的关切

　　她已经遗忘了她的大部分亲人，一切朋友，一切往事，而唯一不能阻隔的，是那些一直陪在她身边的人所带给她的温暖。她走过的漫漫岁月在疾病的阻隔下已经慢慢生锈，然而永远都不肯褪去的，是那一颗感恩的心。

来世再做一回父子

赵晶

那时，他穷，妻子病了，他连块肉都买不起，也没人赊账，只能眼睁睁地看着妻子绝望地死去。他伏在棺材上发誓，一定要活出个人样来。

他是我的父亲。在我刚刚学会走路的那年，他带着我来到深圳。

他认为凭他的勤奋可以创出一片天地来。他在郊外租了个房子，安顿了一下，他就出去找事做。每天他都回来得很晚，他说深圳有淘不完的金子，那时我并不懂淘金的意思，我只关心他给我带回了什么好玩的，好吃的。

五岁，我想读书了，他把我送进幼儿园，可是只过了一个月他就把我接出来，因为交不起学费，他只好自己去废品站找了几本旧书来教我。我哭，我闹，他就紧紧抱住我说："孩子，相信我，我一定会让你念最好的学校，住最好的楼房，坐最好的汽车。"我坐在炎热难熬的顶楼，感觉他的话像冰块儿一样让人瞬间崩溃。

六岁，他给我的承诺依然没有实现，我只好每天都站在人潮汹涌的街头，羡慕地望着那些穿戴着整齐校服的学生，一次次心酸地落泪。

七岁，我依然待在繁华的街口张望，但我不再相信他能给我好的生活。那些说了一次又一次的承诺，只能换来我的一声声嘲笑，终于他忍不住了，起身说："孩子，我也想给你荣华富贵，我想干干净净地起家，只是……"之后的几天，我再没看到他，后来才知道他做了不该做的事情。

他出走的第七天，我站在路口继续等他，远远地就看见他像鱼一样从围墙里翻过来，他左手上绑着厚厚的纱布，右手拎着一袋子东西。看见我，他喜笑颜开地说："看，这是爸给你买的。喜欢不？要是不中意，我再去买。"

我欣喜地拿过来，亲了他一口，我说："爸，你好伟大。"那次是我这辈子吃的唯一一次肯德基，也是我在公开场合喊的最后一次"爸"。之后的十年里，只要我看到"肯德基"这个名字，就想起他做的那些事，内心就充满了恨。

有一段时间，他就在家里养伤，我几次问他伤口的事，他总有意地掩饰。

那年的冬天，特别冷，我睡在单薄而冰冷的床上，终于没有坚持住，病倒了。他抱着我去医院。医生说孩子得赶快住院，否则有生命危险，要他去办住院手续，要一千元。他掏尽了所有的袋子，也才凑了107块钱，他跟医生求情，问能不能缓两天，他一定想办法。医生无奈地说，这是制度，他无可奈何。他急了，把我放在凳子上，人扑通一声跪下来。

他的头都磕得出了血，而医生只是鄙夷地望着，不理会这绝望的求助。我已经忘了，当时我们是如何走出这家医院的，但我记住了那个晚上，他仇恨的眼光像火一样燃烧。

我最后还是没有死去，我康复的那天晚上，医院就失了火，而这一切据说都是他的杰作。

元旦那天，我从睡梦中被吵闹声惊醒。我想着他，连忙奔下去，见很多警察荷枪实弹地围在一个珠宝店门口，里面不断有人奔出来。

我鼓起勇气走过去，远远地，就看见他用刀挟持着一个服务员，他的脸上到处都是血，衣服被撕成了碎片。我慢慢走过去，他突然见到我，一张脸顿时变得煞白。我也望着他，只是眼里尽是恨意。我恨我的父亲竟是这样的人，丢了一个男人的尊严。对视良久，我转头就走。

他忽然叹着气放下人质，也放下他手里唯一的战利品：一台收录机。

那年严打，他被判了十年。之后，我去了外婆那里，读书，就业。很多年后，

我已经为人父，我开始深刻体会到他爱的艰辛与无奈。经过打听，才知道他当时只是想给我偷份生日礼物，没想到被服务员发现，扭打起来……

我连夜去了监狱，刑满释放后他觉得没脸出来，就在里面当了杂工。但他拒绝见我，他觉得对不起我。所长说："其实，他一直想做好人，只是为了你才……"

最后一次知道他的消息，是他所在的监狱发生了火灾，他为了救犯人，受了重伤，我赶到医院时，他已经奄奄一息。我握住他绑满纱布的手，语调低沉地说："爸，有句话我憋在心里很久了，其实在我眼里，你一直是个伟大的男人。如果有来生，我愿意，和你再做父子。"他紧闭的双眼睁开了些许，一丝热泪滑了下来。

我的父亲，一生不幸的他，在最后的微笑和满足中，安然离去。

亲情是他最后的根

胡慧

从我有记忆开始，他就在我们的村里住着，一栋简陋的茅房，一台收音机，三五条凳子，那就是他全部的家产。

听我父亲说，他原本是个高干子弟，后来他的母亲死了，父亲也疯了，不知所踪，他就天涯海北地找，一年又一年，后来，他就搬到了这里。

开始时，村里头还有人到他那里坐坐，但他不冷不热，甚至一言不合就拿扫把赶人，久而久之，没有乡亲愿意再去他那里。

听父亲说，他每天都会去后山一趟，后山里有一座孤坟，据说是一个外地来的疯子的葬地。那块地本来是村里的，村支书想在那建个庙，他却死活不肯，还拿菜刀通宵达旦地守候在墓地旁边。

等我高中毕业时，我们村被划入了市示范区，村里头的地都要被征收了，其中包括那块墓地。这次，他倒是没过多阻拦，只是说希望能带着疯子的骨灰走。

可村支书不愿意，说他是外乡人，根本没资格分征地费，最后还是全村的人联保，他才分到了一套房子。村里人又把疯子的遗体火化了，把骨灰瓶交给他。

不过他分到的却是最差的一套小房子，在五楼。也不知是故意还是运气不好，他的房子经常缺水断电。父亲说，一个年近古稀的人，就算再错，都已经过去了，何况还住五楼，断水断电，叫他怎么活。

父亲实在看不下去，想把他接回来，可老人说，我可不愿意做个吃白饭的人。不久后，哥哥带着两岁的孩子回来了，他也就搬了过来，天天带着孩子玩耍，听着孩子喊爷爷，他兴奋得像小孩子一样。

他穿得并不好，也不愿意要我们买的衣服，社区里的小孩子都喊他糟老头，他不气也不怨，可是谁要是欺负了我侄子，他就像挖了他的根似的发起脾气来，还一度找到人家家里理论。几番下来，孩子们都喊他癫子，却没人敢招惹他，都离得远远的。

他是感激父亲的恩情，才把哥哥的孩子像心肝宝贝一样疼着。

我们家有什么事情，他总是第一个前来帮忙，也不要报酬，只说，有饭吃，有地方睡，那就是最好的回报了。

我结婚那年，当着众人的面，我和妻子认他做义父，给他倒茶的时候，他却号啕大哭起来。这是我第一次见他哭，一个六十多岁的男人，当着数百位亲人的面，情不自禁地留下了热泪。

几十年来，在寻找失踪父亲的路上，他不知道受过多少羞辱和委屈，他没哭过；在照顾我侄儿的几年里，被人骂、被人嘲笑，他也默默忍受着，可是一声"义父"，却让他无法自控。

很多人唏嘘，甚至无法理解，可我们都理解，也都明白。

因为，亲情，是他心里最后的根。

温暖的心灵美餐

王国军

小时候，因为家穷，家里每年收获的十多斤菜油，母亲都要拿去卖掉大部分，留下的几斤，就是一年的用量了。所以很多时候，母亲只好把水当油使。可是有一天，母亲突然给我做了一盘辣椒炒肉，虽只有寥寥几片肥肉，可菜里到处浮漂的油泡却让我口水澎湃。我破天荒地吃了三碗饭。如果不是因为那只碗，我想，以后每天我都能吃上三碗饭。

是一只没洗干净的碗，碗边还残存着油污。

"碗怎么没洗？"我不满地说。

母亲正在吃饭，她的筷子一直没碰那盘辣椒炒肉。我站了起来，看到母亲的碗边也是沾满了油污。父亲抬头看了看我，说："今天的碗是我洗的，有什么问题吗？"

"这么多油污，可怎么吃？"我提高声音说。其实，我心里不计较那些油污的。家穷，能看到油泡就已经相当不错了，我曾看到有孩子，把有油的菜碟舔了又舔，我还看到有人，把一只曾经盛过肉汤的碗，吃了一周都舍不得洗。我只是在抱怨，都六岁了，为什么只能看着别家的孩子高高兴兴地上幼儿园，而我只能在家里独自玩泥巴。我只是在抱怨，为什么人家的孩子可以开开心心去玩，而我还必须在家里永无休止地干着活。

那个晚上，我看到父母的房间一直亮着灯，还有低沉的啜泣声。父亲就

站在门口，低着头，抽着烟。长那么大，我还是头一次见开朗的父亲如此沉默。

打那以后，父亲每天都会把我的碗洗得干干净净，而他们的依旧油污。可是我还是很少理父亲，不为别的，只因为那只油碗所引发的伤心事深深刺痛了我年幼的心。

第二年春天，父亲送我去读一年级，我和父亲之间的冷战才彻底结束。后来，我上大学，读研究生，都很少回家，直到今年，我在家乡找了一份工作，把父母接到了城里。

一次和父亲聊天，说起当年往事。父亲说："你不会心里还有疙瘩吧？其实，不是我不肯洗干净，是我舍不得，希望你能多吃点油，吃好点，长高点。我说："是我不好，是我在和别人攀比，是我不该说你，误会了你的好意。"父亲说："你知道吗，因为你一句话，你母亲整整批评了我大半年。"

正在煮饭的母亲也走过来说，你还好意思说："洗了一辈子的碗，就从没洗干净过，就知道舍不得，舍不得。"父亲不搭话，只讪讪地笑。聊了一会儿，我决定去帮母亲炒菜。可是母亲不让我帮她炒，她让我去帮父亲。父亲正在厨房里找东西。

我说："你找什么啊？"

"洗洁精。"

我说："我没买。"

"可是现在并不缺买油的钱啊？"

"我知道，只是这是咱家多年来的传统，我不舍得扔弃，何况洗洁精用多了，也不好。"

可是吃饭时，我还是发现我的碗干干净净的。我偷偷地看了看母亲，母亲微笑着指着桌子的一把丝瓜皮。母亲说，你爸早知道你不会去买的，所以他提前准备了这些东西。我的眼里湿湿的，我说："那以后我承担洗碗

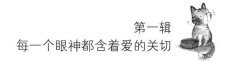

的义务。"

父亲说："孩子，多吃点，今天的碗洗得很干净。"

那天晚上，我吃了三碗饭，还意犹未尽，最后，把碗也舔得干干净净。并非做作，只因感动。

只因，这是一顿温暖的心灵美餐。

善良是世界上最珍贵的礼物

郭超群

一直以来我都不愿向人提起父亲，不仅仅因为父亲只是个老实巴交的农民，更因为父亲的吝啬在村子里面也是出了名的，就连我晚上在灯下看书，都会说我浪费电。

这次父亲过生日，我回家时，特意抄了条几年未走过的小路，要穿过一条老巷子。巷子的路不好走，垃圾遍地，我正专心走路，忽然听到后面有人叫："这不是虎子吗？从城里回来看你爸妈啦？"顿时，我的心里就咯噔了一下，"虎子"是我的乳名，这些年已经很少有人这么叫我了。我转过头一看，是个四十来岁的中年妇女，可我并不认识她啊，她是怎么知道我乳名的？由不得我多想，她赶上来，拉着我的手就说："虎子，好几年没见到你了，这几年在城里过得还好吗？去我家坐坐吧。"我笑笑，客套地说了句："谢谢，还是不了。"没想到，她的热情丝毫未减，赶紧接过话来："这哪成呢？我家就在这附近。"说着就不由分说地把我拉到她家。

一进门，她就吆喝起来："孩子他爸，你看这是谁来了？"接着就有一个中年男人从内屋里出来，只看了我一眼，脸上就立刻堆满笑容说："虎子啊，你可真是稀客啊。"说着就搬来一条凳子，此时那妇女也端过一杯茶来给我，又看看那男人说："你还愣着干什么？买两斤肉来。"我赶紧站起来，推辞着："还是不了，家里还有点事。"男人虎着脸说："虎子，嫌我们家穷是不是？一定要吃了饭再走！"

一家人的热情倒让我有点局促不安，无所适从。我努力搜索着关于他们的记忆，却没有半点印象。

回家后，我向父亲提起这件事。不料父亲却反问道："难道你真的不认识他们？"我茫然地点点头。父亲这才乐呵呵地笑着说："那个女人就是当年我要你去送红糖的那个五婶啊。"我这才恍悟过来。

那还是我 14 岁那年，当时手表在农村还是个稀罕物，因为要毕业会考，我就叫父亲给我借一块手表。父亲跑了大半个村子，最后终于在村长那里借来了一个金灿灿的机械手表。戴着那块手表我特别高兴，那次考试也考得特别好，很快就拿到了县一中的录取通知书。

拿到录取通知书的那天，父亲特别高兴，还喝了很多酒。看着父亲涨得微红的脸，我小心翼翼地说："爸，我可不可以要一块手表？"

母亲停下了手里的家务，语重心长地说："孩子，这几年为了供你和你姐姐读书，家里的钱都用光了。哪有多余的钱给你买手表啊？"

我知道母亲说的都是实话，便失落地低下了头。这时坐在门槛上抽着旱烟的父亲开口道："你要手表干什么？"

我的心里顿时又燃起一丝希望，便对父亲说："学校里学习很重，我想用手表来掌握时间。"

我期待着父亲能说一句好，或者点点头也行。但父亲就这样一直抽着旱烟沉默了下去，不说一句话。

第二天，天才蒙蒙亮，父亲就喊我起来跟他一起去卖地瓜。我当时正伤心，便装作没听见，继续睡觉。父亲又喊了我几次，见我仍没反应，就火儿了，走进我的房间，一把扯起我的被子扔到地下。我彻底绝望了，只得极不情愿地跟着父亲去卖地瓜。

一路上，我板着脸，甚至还报复似的把几个地瓜滚到地里去。父亲本来很生气，或许是看我也不小了，就耐着性子说："儿子，你也不小了。应该

要学会给家里减轻负担了。"说着就弯下腰，捡起那几个甩落在地上的地瓜。

或许是因为父亲种的地瓜又大又好，价格也公道，那天的地瓜很快就卖完了。回来的路上，我再次向父亲提起想买一块手表。父亲沉默了好一会儿，终于勉强地点了点头。顿时，我几乎雀跃，走路也特别精神，甚至还主动要求为父亲挑箩筐。

经过五婶家附近的时候，远远地就听到一群妇女在高声议论着什么，走过去才知道，原来五婶生了个白白胖胖的娃。

父亲听后二话没说，就跑到附近的南食店买了两斤红糖回来说："你五婶刚生了孩子，身体虚。这两斤红糖你给他们送过去。"看着自己心爱的手表转眼间就变成了两斤红糖，我再也高兴不起来，极不情愿地提着那两斤红糖往五婶家走，甚至恨不得把它一扔了之。

这次回来后，我想了很久，还是疑惑地打电话回去问父亲："难道真的只是为了那两斤红糖？不会是他们有什么有求于咱们吧？"电话那头火儿了，扔下一句："你这是说的什么话！"说完父亲就给挂断了电话。

顿时我脸上火辣辣的，木然地坐到椅子上。直到此刻，我才顿悟：原来当年父亲送给我的是一份世界上最珍贵的礼物，善良。

一只脚能走多远

张喜

他是我的一个朋友。

当他醒来的时候，身体已经被纱布包裹得紧紧的。母亲干枯的脸颊露出了久违的笑容。此刻，他已经昏迷了二十四天。除了依稀记得从悬崖上摔下去的情形外，他什么都忘了。

时间一天天地过去，身上的纱布也逐渐地减少。"不久就会痊愈了，你不要乱动啊。"这是母亲给他擦药时常说的话。只不过，母亲说话时总是欲言又止，像在回避什么。

不久后，他上半身恢复了知觉，左脚也能动了。可是，右脚始终不能动。他问母亲。母亲总说："慢慢就会好的。"可一个月过去了，右脚的状况还是如此。

终于有一天，他忍不住了，从床上爬了下来，结果身子重重地摔在地上。他发现，原来自己的右脚再也不能行走了。

不久后，他出院了。他知道，面对坠崖的灾难能活下来已经很幸运了。可是，作为一名登山爱好者，没有了脚，内心比死还难受。

那天，趁母亲不注意，他拄着拐杖来到了山坡上。本想一死了之，可眼前突然看到的一幕让他怔住了。他看到一只狗在追一只野兔。那只兔子拼命地跑，可最后还是没能逃脱狗的爪子。当那只狗叼着野兔从他身边经过的时候，他发现野兔只有三只脚。那一刻，他的内心被深深地震撼了。他决定回家，

他要振作起来，重新开始自己的人生。

当他回到家时，他看到了昏倒在房间的母亲。这时，他才得知，母亲已经得了绝症。在医院照顾他的那段时间，是母亲最开心的日子。也因为那样，她才奇迹般地多活了两个月。

他哭了。这么多年，他经常在外登山，很少回家，从来没有好好陪过母亲。所以，连母亲病了他都不知道。

母亲过世后，他回到了老家，把房子装修了一遍。他决定走出右脚残废的阴影，勇敢地面对未来的生活。凭着多年的登山经验，他开始写游记，出书。后来，书卖得很火，他渐渐成了小有名气的作家。他告诉自己：即使只有一只脚，自己同样也要走得很远。

带着妈妈去上网

郭超群

小时候，家里并不宽裕。为了减轻家里的负担，刚满十八岁的大哥就只身北上黑龙江服兵役。想着以后再也没有人能在放学后管着我玩电脑游戏了，心中反倒窃喜。母亲却时常念叨着大哥，恨不得跑到黑龙江去看看自己的大儿子。虽然大哥也曾写过几封信，但都是断断续续的。

仲夏的一个下午，在和同伴们高谈阔论完《魔兽争霸》里的世界后，为了炫耀一下，我还加油添醋地讲起了大哥在黑龙江的新鲜事。晚饭后，母亲忽然叫住我："超娃子，你和妈说实话，你是怎样知道你大哥的事情的？"想着母亲已经知道我上网的事了，就讪讪地说："就是今天上网和大哥视频，他告诉我的。"没想到母亲却小心翼翼地问道："那你明天可不可以也带着妈去和你大哥视频啊？"我点了点头。

第二天一大早，母亲精心打扮了一番就和我来到了网吧。一直等到十二点大哥的 QQ 头像才亮起来。母亲赶紧叫我帮她申请一个 QQ 号码，还特意叫我把昵称设为大哥的名字，她说这样每次一上 QQ 就可以看到大哥的名字了。大哥很快就同意了妈加他为好友的请求。看着妈和大哥聊得正欢，我小心翼翼地问："妈，我可不可以玩一小会儿游戏？"怕妈不答应，我赶紧补充道："就一小会儿。"没想到母亲想也没想，点点头就答应了。

有母亲在我身边，玩起游戏来我心中也不大畅快。没过半个小时，我就感觉无聊了，就随便看了一个欧美电影，顺便学习一下英语。

从那以后，母亲每个星期都会主动邀我和她一起去上网。因为母亲在身边，我玩游戏的时间也少了很多，绝大部分时间都泡在了练听力上。有段时间，我甚至还发现上网学习竟是一件比较有趣的事。

那天，看着母亲和大哥聊得"嘿嘿"笑，我就轻轻地走过去，想看看他们聊些什么，听到一段：

"嘿嘿……那天我听到你弟弟在和他的那些伙伴说些你的事，我就知道他又去上网了。为了防止他继续沉迷于游戏，我就想了这个法子。这样既能不伤害他，又能见到你……"

我转过头，双眼模糊了，整颗心都被母亲那体贴入微的爱滋润得柔软了。

虽然现在我也和大哥一样离开了家乡，离开了母亲，但是我相信母亲在网吧给我上的那刻骨铭心的"一堂课"，将会影响着我的一生。其实一个人的童年是否顽劣并不重要，重要的是他有怎样的父母。从顽劣到优秀，只隔着一条河，而父母就是这条河上的船只。就像污浊的大地经过大雪的亲吻也会变得洁白无瑕一样。即使再顽劣的孩子，在父母爱的滋润下，都能茁壮成长。

母亲在拐弯处

王国军

　　母亲过来的时候，我刚从一个朋友家里出来。朋友是做业务的，约我一起晚上聚餐，说是要给我介绍几个大老板认识。母亲提了一大袋子东西过来，打开，是荠菜煮鸡蛋，这才想起，今天是三月三。以前在家时，每到这一天，母亲都会去田间采一把新鲜的荠菜，再煮几个鸡蛋给我们吃。自从我工作以后，忙了，也没时间回家了，母亲只好提前煮好了送过来。

　　和母亲聊了一会儿，聚餐的时间到了，我准备起身就走，母亲说，那我也回去了，家里还有好多事没做。我急了，"你一年难得来一次，至少也要吃了晚饭才走。再说，当娘的给儿子送东西，儿子去吃饭了，都不管母亲了，那也太不孝了吧。"

　　可是母亲却不愿意和我一起去吃饭，说那是大人物的场面，她去不合适。商量了很久，终于达成了协议，母亲就在家里吃饭，晚上八点半时，就在酒店的拐弯处等我，我送她回家。路上，母亲说："你也别急着出来，我的时间多得很，你的生意才是正事。"

　　去了酒店，一坐下来，三言两句客套后，大家便开始喝酒，连干三杯后，接下来就是彼此敬酒，几个逆时针转圈下来，我头已经晕了，早就忘记母亲还在拐弯处等我了，直到妻子的电话响起，我才清醒过来。我说，要不我自罚三杯吧，我有点急事，要先走一步。朋友说，你不能走，我们还没说生意呢。我说我真的有事，母亲就在外面等我，让她一个人回家，我不放心，我得送她。

满座的人都呆住了。片刻后，一个朋友起身说，那你还等什么，怎么能让老人家在外面吹西北风呢，赶紧请进来，吃点东西。

我说她已经吃过了，而且她也适应不了这样的场面。

朋友说，那我们一起去见见你娘吧，今天三月三，你娘一定是给你送鸡蛋来的吧，有这么好的母亲，才能有你这么优秀的儿子啊。

我说这也行，不过她没读过书，也没见过大老板，你们千万不要摆些官腔，她可听不懂。

我去结账，朋友们走到外面，对我说，让我们一起送她回家吧。

我说，那怎么行，你们都那么忙。

朋友们说再忙，也不能省了陪母亲的时间。

母亲来一次，送我二十个鸡蛋，十斤鱼，三斤肉，两斤油，还有一大堆蔬菜，却只是吃了个便饭，又匆匆回家，说实话，我这个做儿子的，一点都不好。

母亲就在拐弯处的树下蹲着，等我。朋友们走上前去，喊伯母，朋友们还说，今晚，让我们一起送您回家。一个便去拿袋子，其他的就扶着她走。

回来的路上，朋友们建议，下次聚餐的时候，都把父母带上，他们太操劳了，应该好好孝顺。

我的母亲，既不会看到，更不会知道，是她的一个举动彻底警醒了我们。此时她正站在老家的门口，满意地享受着一大群人带给她的惊喜和孝心。

感恩的心

王国军

　　妈妈来电话告诉我，奶奶得老年痴呆了，不认得人了。先是把三个六十多岁的女儿从记忆中抹去了，一遍遍地问她们是做什么的，怎么来她的家里。然后再把她的几个外孙也抹去了，以为他们是一群野孩子，来她家偷东西的，于是，奶奶便竖起拐杖，吓唬着："快走，快走，再不走，我就报警了。"

　　所幸奶奶还认识我们一家人，知道母亲是她的媳妇，是照顾了她整整四十年的媳妇；知道父亲是她的儿子，一个在她的房子被叔叔拆除后无家可归时，立马接来并无私照顾她的儿子；还有我这个天天会和她聊天的孙子。在母亲的极力劝说下，奶奶才收起了拐杖。可是第二天，奶奶照旧不会认识他们，照旧竖起拐杖，弄得大家哭笑不得。

　　那年，奶奶九十五岁生日，所有的亲戚都来了，足足摆了五大桌。吃完饭，奶奶突然有了很怪异的行动。每一个送她的礼品中，她都把水果和烟摸出来，悄悄地放在她的口袋里，边放边还东张西望，生怕别人发现似的。事实上，所有的亲戚都关注着，但又故意当作没发现。

　　到了晚上，忙碌了一天的父母终于有了歇息下来的机会，正准备吃饭，奶奶颤颤巍巍地走到母亲身边，从口袋里掏出来她放了一个下午的水果："青伢子，我的好媳妇，要不是你每个冬天都给我暖脚，我就不在了。这些水果，特意给你的。你吃，你吃。"又走到父亲身边："春伢子，我的好儿子，要不是你的照顾，我一把老骨头都不知道怎么活了。这些水果，也不知道谁放

错了地方，我偷偷地拿了些，给你们吃。"奶奶又走到我的身边，把烟放在我的手上："我的好孙子，奶奶一个人在家，都亏了你陪我，给你抽，给你抽。"

我们三个手里捧着还带着奶奶体温的水果和烟，再看着奶奶真挚的笑脸，突然哭了。

当疾病的侵蚀慢慢抹去了奶奶的诸多回忆，她已经遗忘了她的大部分亲人，一切朋友，一切往事，而唯一不能阻隔的，是那些一直陪在她身边的人所带给她的温暖。她走过的漫漫岁月在疾病的阻隔下已经慢慢生锈，然而永远都不肯褪去的，是那一颗感恩的心。

每一个眼神都含着爱的关切

王国军

那一年，他的事业遭遇滑铁卢，投资失败，合伙人卷走所有的钱物消失得无影无踪，一夜之间，他成了所有债主们讨伐的对象。

为了躲债，他先是在好友那儿藏了半个月，然后回到了阔别三年的老家。

那阵子，他把手机关了，整日待在家里，不是喝酒就是睡觉，话也不怎么说，父亲看在眼里，也没怎么说话。也难怪，父子俩都是闷葫芦，每次回来除了那惯例的问好，就基本没有交流了。

他没有把生意场的失败告诉父亲，他不想七十多岁的老人家还要为他担忧，他只是说，"太累了，就回来休息几天。"

他是真的累了，他甚至想，就这样，在乡下，种点田，栽点菜，也未尝不是一件安逸的事情。

他在家整整窝了一个月，直到有人来看他，他才第一次去了趟县城。离开时，他说："爸，我们回来吃晚饭。"他发现，父亲的眼里透露着一丝欣慰。

那天晚上，他和几个好友，一直喝至凌晨。去上厕所的时候，他猛然发现，月光下，父亲正端坐在池塘的入口处。

他走过去，问父亲："您这是干什么，怎么还不休息？"

父亲说："我睡不着。"他敏感地觉得，父亲肯定是有事瞒着他。耐不住软磨硬泡，父亲只好说出了原因，父亲说："怕你想不开。"

父亲说："你还记到十年前的那晚么，你第一次生意失败，和几个好友

喝醉了，半夜你跑出来要跳池塘，要不是我死命拦住……"

他当然记到，那是他在大四那年，第一次做生意，却亏了两万，想不开，便想了结自己。后来，他一直后悔当初的冲动和幼稚，还经常拿这件事来劝说自己要想开点。

那一刻，他突然哭了，他一直没想到，平常不怎么说话的父亲，原来时时刻刻都在关注着他，仅一个眼神，就诠释着深深的父爱，父亲怕他出事，竟然在漫长的冬季里，在池塘边坐了整整三十个夜晚。

那一晚，他第一次和父亲聊得很起劲，后来，他困了，就倒在父亲的怀里睡着了。

不久后，他回到了公司，用父亲给他的养老钱，还清了一些债务。而现在，他正拼命地奋斗着，他要从头开始，混出个像模像样，再回家。

他说，逃避不是办法。人生这么短，总得去面对。他还说，其实，他现在不是一个人奋斗，家中的老父亲，那关切的眼神，时时刻刻在他心中闪着爱的光芒，他唯有成功，才能在再回去的时候，让父亲踏踏实实地睡个安稳觉。

父爱，是儿女的山

王国军

周末的时候，和一群朋友去逛街，刚到路口，就看见一个中年人推着一辆三轮车过来。车上面摆满了各种蔬菜，中年人穿着打满补丁的衣服，脚穿破旧的军鞋，一边走一边还吆喝着。朋友拦住他，问了下价格，嫌贵，扭头便走。他一脸委屈："大哥，这是我自家种的菜，干净又绿色。"朋友仍是摇头。中年人叹了口气："大哥，便宜点给你。中不？就这么几把了，我卖完了，可以早点回去做饭。"朋友仍是摇头。他一连叹了几口气，失望和焦急爬上脸庞。我走上去问："多少钱一把？"中年人兴奋地喊："就这几把了，便宜点，五块钱。"给了菜，拿了钱，中年人一脸轻松地踩着车，奔向回家的路。

每一次去学校，都会看到那个担粪的男人。有五十了吧，光头，一脸黝黑。他每天早上都会来几次，最勤的时候，可以跑上一个上午。据说，他承包了几十亩田地，是当地有名的种菜大户。

有次，我中午吃完饭，出去办事，正好在校门口遇到他，他神情非常紧张。在他的对面，站着一个打扮时尚的妙龄女子，看样子，他肯定是不小心撞到她了，粪桶散落在地上。她一个劲地用纸巾擦拭着自己的衣服，面带怒气地喊："你这个人怎么搞的？走个路都不长眼睛，还把粪水溅到我身上，这可是几千块一件的名牌，你给我赔。"男人的脸憋得通红："我不是故意的，我有三个儿子都在读大学，我给你洗……"他几乎都想要下跪求情了。

吃完晚饭后，和一群朋友在公园的亭子聊天。到深夜的时候，一个小男孩走了上来，甜甜地问道："哥哥，你这个空瓶子还要不，可以给我不？"我点点头，小男孩满脸兴奋地拿着瓶子，转身就走。我叮嘱着："这么晚了，你一个人在外不安全，赶紧回去吧。""我爸爸在外面等我呢。"顺着小男孩指的方向，我们看见一个西装革履的中年人站在门口，正朝我们微笑。父子俩的笑容交织在一起，温暖而感人。我突然明白了，他并不是一个贫穷的父亲，只是想陪着孩子，想教育孩子怎样自食其力。

生活中，我们可以遇到这样的男人。天不亮就在外面吆喝的卖菜人，为了省钱的挑粪工，辛勤奔波的农民工……他们职位低微，为了一个家，任劳任怨，他们又无比伟大，因为他们的爱，就是儿女的山。

他们是一群人的代名词，他们拥有着一个普通却又无比高尚的名字——父亲。

那不只是一场游戏

王国民

最近，男人感到彷徨，因为他的儿子沉溺在游戏厅，有事没事就往那里跑。男人曾试过很多方法，但都没阻挡住儿子去的步伐。男人决定和儿子做场游戏，男人把儿子带到一座荒凉的大山脚下。男人指着山顶说，山那边就是我们的家，如果你能翻越这座山，以后你做什么事我都不会管你。

真的？儿子两眼放光。男人肯定地点点头。儿子像脱缰的野马，一个劲地往上面跑。山里的路特别难走，越走地势就越陡峭，到最后已经无路可走。儿子举目四望，然后摇头叹息。怎么办？儿子问。

男人鼓励他说，再找找，说不定有出路。儿子真的去找，过了半晌，儿子兴奋地喊，爹，真的有路了，以前有人来过这里，并且留下了字。男人也振作起来，走了上去，发现一棵树上有一行字：7 月 15 日，途经此地。

再往后面走，还能看到类似的指路牌，儿子指着一块大石头说，爹，你看这里还有留言呢。男人走近一看，上面整齐地写下了几行字：人生就好比攀登，因为在低处，所以你看不到远方的风景，所以你只有努力，不遗余力地去努力，让自己站得更高。

是谁经过这里，留下的这些字和留言呢？他到底受了什么挫折呢？不得而知，但重要的是，这些字条确实给了绝望中的儿子希望和信心。

之后的路，依然陡峭，但在字条的指引下，儿子走得很顺畅。两个小时后，他们顺利翻越了这座荒凉的山。

短暂休息后,他们重新上路了。男人得把儿子送回家。在门口,碰到了女人,女人问,你们今天干吗去了啊?男人说,今天,我们去做了一个游戏。那么,谁赢了呢?男人指着儿子,当然是你宝贝儿子。儿子却摇摇头说,是老爸赢了。

男人笑了笑。他捏了捏儿子红扑扑的小脸。可是他不敢再逗留,他还得回去上班,他还得努力赚钱,然后把赚的钱全部带回家,妻子养病要钱,孩子读书要钱,他不敢有任何松懈。

男人走得有些急,转弯的时候,他再次遥望家的方向,想起儿子最后那番醒悟的话,男人笑了,上午他和儿子做的那个游戏,让他满足和幸福。

有没有爱温暖过你卑微的心灵

王国民

　　从小，他就恨他。虽然，他是他的儿子，可儿子又算什么？他在外打工多年，却很少关心过他，也从没回老家来看看，他甚至都不记得父亲长什么模样。

　　他只记得五岁那年，母亲和父亲大吵了一架，然后离家出走，却不想遇到了车祸。自那以后，他拒绝再在别人面前提及父亲的名字，他逢人就说，他的父亲已死，就在母亲离开人世的那个晚上。消息传到他父亲那边，父亲勃然大怒，托消息过来，骂他是逆子，然后断了他的生活费。

　　他不气，也不恼，他对相依为命的奶奶说，我会靠打工来养活自己。

　　他做过很多事，捡过垃圾，卖过报纸，到工地上搬过砖，就这样，他一步步把自己送进了大学。入校那天，当老师看着他长满厚茧的手，所有的人都不禁为之动容。他却笑着说，那是一个男子汉应该做的。

　　但他心里还是有隐痛的，只因他是个没人疼的孩子。所以，当室友的父母每次来寝室时，他总躲得远远的，他只好每次对自己说，要忍住，要坚强，没有过不去的坎儿。

　　但父亲还是来找他了，因为，他是他唯一的亲人。也就是那个时候他才知道，父亲成了公务员，还做了一名部门领导，但他一直没再娶，虽然，有很多女人都愿意跟他。

　　跟我走吧，父亲说，现在我什么都有了，只差一个儿子。

　　他别过头去，我没有父亲，我父亲早死了。

之后，父亲总会在每个月末来找他，他也不躲，他说，他就听，只是他拒绝父亲所有的帮助，他说，我是个男人，我可以靠自己。

四年大学，他靠自己的努力，硬是挺过来了。毕业那年，他参军了。可是父亲出了事，因为经济问题。当警察来找他时，他一股脑儿地把知道的和隐约知道的，全都倒了出来，父亲也因此入狱，获刑三年。

原本以为，把父亲送进监狱，他至少可以好受点，但全然不是那样，难道真是人们所说的，血脉相连，茎断了还连着根？

他没去看父亲，因为不敢，他总觉得自己是无情无义的，他即使再不爱他，但还是生他的父亲。

一次偶然的机会，他迷上了音乐，成为了文工团的一名歌手。他报名参加了全国青年歌手大赛，从初赛到复赛，他一步步走了过来，可是他还是遇到了阻碍，评委说，你的歌声里，总是充满了内疚和恨，让人感觉不到爱和温暖，如果你迈不过亲情这道坎儿，你可能会止步于十强之外。

他想他们说得不错，他是无法去面对父亲，以前是恨，而现在是愧疚。

无聊，上网。在一个叫"忏悔人"的博客里，他突然看到了自己儿时的照片，是父亲的博客，那个因为妻子离世而深责不已的男人，上面记录着他思念妻子和儿子的点点滴滴。长这么大，他第一次哭了，原来，原来，不论自己身在何处，父亲爱的视线从来没有离开过自己。

他终于决定去见父亲，去请求他的原谅，他的宽恕。

电话是监狱打来的，说他的父亲在医院，病得很严重。他在电话里很激动，声音都变调了。

他很快赶到了医院。见了父亲，他埋头就哭。只因，他是他的父亲。

他一直陪着他，照顾他，衣不宽带，还好，是个良性肿瘤。他送他去监狱，彼此依依不舍，他说，后天，就是总决赛，我希望你能来。

决赛很快来临，还有一分钟，就轮到他登台演出，可是环顾四方，都没

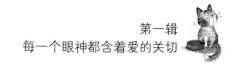

有看到父亲的影子。他焦急起来。

轮到他上台了，可是他一直都没唱，掌声再次响起来的时候，他分明看见，在角落里，一个戴着锃亮手铐的男人在向他卖力地摇手。他的眼泪掉了下来。他唱了一首关于父亲的歌，是他自己写的，歌声中，那些关于父亲的回忆就像蒙太奇一样，浮过他的眼前。

他的心里本来有一座冰山，此时，却全部被爱和温暖融化。

当他获得冠军的声音传出来时，他看见，那个头发花白的男人，正激动地和周边的人说，台上那个，就是我的儿子。

他把父亲请了上来，他拿着话筒，大声喊"爸"。

他愣住了，继而说，你是叫爸爸了吗？你终于肯认我这个父亲了吗？你不恨我了，不埋怨我让你受了那么多年苦，不嫌弃我是坐了牢的人？

他点头，又拼命摇头。继而是拥抱，热烈地拥抱。

一直以来，他都认为父亲是不肯原谅自己的，却从来不曾想过，他从来都没埋怨过子女，他的爱依在，亲情依在，就算暂时隐没角落里，只要有足够的温暖，就能将他身边的每一个亲人，温柔地环住。

她的温暖，从不曾离开

王国民

1

她对母亲一直是有怨言的，母亲是典型的坨坨妹，一米五的个子，还很胖，脸上长满了雀斑，脾气也很差。而她，最要命的是，都继承了母亲的缺点，遮盖半边脸的雀斑，都小学六年级了，还是班上最矮的。集合时，永远站在第一个，排座位，永远坐在黑板下面，同学们给她取了个难听的雅号"东施"。走到哪儿，迎接她的都是嘲笑和议论。

这样的屈辱，自她有记忆起就开始伴随着。她害怕去人多的地方，害怕和人说话，甚至于她一听到别人笑，就会认为是在嘲笑自己。内心里，她把这些怨恨都转接到了母亲身上，如果母亲高一点，漂亮一点，她就不会这么矮，就不会有雀斑，出去也不会这么丢人，更不可能成为别人的笑料。

她也不给母亲好脸色，稍不满意，就怒骂母亲，说，没见过你这么笨的人，又说，我很烦，别给我添乱。儿童节，母亲想喊她一起逛街，她脱口而出，两个皮球，在街上滚来滚去，你不嫌丢人，我还嫌丢人呢。

母亲愣住了，转过头去，微胖的身体颤抖着，半晌，才默默地走开。后来，从父亲那里知道，母亲原本是打算给她买几件漂亮的衣服，她没有半点感激。她说过的一句最狠的话是，真是瞎了眼，出生在你这样的家里。

那个笨拙的母亲，是她见过最蠢的女人，菜炒得难吃，做事又慢又拖拉，织一件毛衣还要花半年，出去办事，经常被邻居指责。只是很奇怪，父亲对母亲，从来都是细言细语的。他的爱，像大海，缠缠绵绵地包围着这个家。

2

十五岁，她学会了逃课，跟着一群混混儿出没在网吧，涂着大红嘴，叼着一支烟，肥臀在阳光下扭来扭去。那一次，她正和几个小混混儿去玩，在路口遇到了班主任和母亲。母亲气势汹汹地跑过来，一把夺下她嘴中的香烟，一个巴掌抡过去，"好的不学，就学坏的！"几个混混儿想过来，但被母亲瞪得如牛眼的气势吓坏，落荒而逃。

母亲揪着她的辫子回家，她疼得大喊，你这个恶女人，我究竟做错了什么，把我生得这么丑，这么矮，现在你又来管我的私生活，你是不是想让我死了，你才能安心。

母亲的脸一下子变得煞白，却没有多说话，拽着她回了家。她想，这辈子她完了，活在这样的家里。

之后，没有混混儿敢再来找她，她也收敛了，安安静静地读书。高考后，她填了一所很远的学校，她只想，离这个和她水火不容的女人，越远越好。

大学几年，她很少回家，并非不想，只是怕面对那个被她深深伤害过的老母亲，在外越久，她对母亲的怨恨也就越淡。有时她想，母亲也许白了头发，不知道她做事的效率是否高了些，做的菜，虽然难吃，但那里面洋溢的是家的味道啊。

有一次，和父亲聊天，不经意间提起母亲做的腊肉。一周后，她就收到了一个包裹，里面全部是母亲做的干菜，腊鱼、腊肉、辣椒萝卜、白辣椒……听父亲说，母亲现在唯一的嗜好就是给她做干菜。颜色虽然不好看，也有点咸，可是她吃着，总感觉到阵阵温暖。

3

大学毕业后，她就近了找了份工作。母亲也并没有反对，只是带了个信来，说混得不好就回去，家永远都是她的家。

不久后，她恋爱了，结婚了。母亲来看过她一次，拿着男人的手，嘱咐他一定要让她幸福。只是她并没有得到应有的幸福，两年后，男人在外面找了个有钱的女人，无情地把她抛弃了。

她哭得死去活来，一时想不开，就吞了瓶安眠药，昏昏迷迷中，她拨通了母亲的电话。等她醒来时，已经在医院里，一脸憔悴的母亲，正小心地把煲好的粥，一口一口喂进她的嘴里。她喊了声"妈妈"，泪水就忍不住流了下来。母亲抱着她说，孩子啊，以后不要再做什么傻事了，你出了什么事，可叫我怎么活。

她这才知道，母亲是坐飞机过来的，一个几乎没有出过远门，连坐汽车都要晕车的人，千里迢迢来到这座陌生的城市，那份艰辛不是常人所能想象的。

母亲说，回去吧，找不到工作，我就养你。拽着她的手，就像当年，她在街口，拽着她的手回家一样。

父亲去外地煤矿了，母亲在县城里找了间房子，母女俩一起住。母亲天天给她做饭，味道还是和当年一样难吃，可是她却莫名地喜欢上了，一天吃不到母亲做的饭，她心里就不舒服。

后来，她在报社找了份工作。再后来，母亲就开始张罗着给她相亲，她也乐呵呵地去见，她知道，母亲是不可能害她的。

见了一个老实本分的男人后，母亲说，就是他了。她转过头，眼睛睁得大大，为什么呢？

母亲认真地说，因为，他就和你父亲一个模子出来的，老实，踏实，安分。她就拉着母亲的手，笑。

结婚那天，当着所有人的面，母亲郑重地把她的手放在他的手里，说道：

"我就这么一个女儿，她任性，脾气也不好，你一定要好好待她，要不，我拼了老命，也会找你麻烦。"

她低着头笑着，泪水却止不住地流。

4

父亲去世的那天晚上，父亲拿着她的手，颤抖地说，知道我为什么会这么宠着你母亲吗？她虽不漂亮，但却是天底下最善良的女人。当年，我父母双亡后，到处乞讨，是你母亲收留了我，就这样我便在她家住了下来。记得小时候，你刚生下来，她看见你脸上的雀斑，还特别兴奋地说你继承了她的全部。她的善良，她的大度……她人虽然是笨了点，可村里人哪个不说，你母亲有一副菩萨心肠啊。我知道，你以前对她有深深的芥蒂，可血肉相连，哪有解不开的结，我走了，你们就好好相依为命啊。

她望着母亲，也不说话，把那又矮又丑又胖的女人抱了过来，双手紧紧地握在一起，她用这个有力的动作，向父亲承诺，不管是现在，还是将来，她们都会相依在一起，形影不离。只因，她是她唯一的母亲，她是她唯一的女儿。

天堂里的眼睛

蔡燕

他十岁那年，母亲死于一场车祸，本来贫困的家庭更加雪上添霜，他感觉整个世界都变黑了。从小，他就是母亲的心头肉，宠着，呵护着，而现在幸福却到此戛然而止，他的父亲，从来视他为眼中钉，稍微不合意，就骂天骂地。那个灰色的夏天，他把自己的世界彻底封闭起来。

父亲却风采依旧，喝着他的酒，看着他的电视，他真不明白，为什么母亲走了，父亲的脸上却看不到半点忧伤。

母亲祭日那天，他早早回家，摆好了所有的祭品，却不见父亲的身影，去找，却见父亲正热情地和一个女人拉着家常，见他过来，父亲说："来，伢子，过来见见，这是张阿姨，刚搬过来的。"

这样暖昧的场面，让他想起刚逝去的母亲，无名怒火便冒了出来："我不要，我只要我的妈妈，没有任何人可以取代她。"他哭着朝回跑，留下一脸惊愕的父亲和张阿姨。

那天晚上，他半夜起来时看见一个黑影坐在门口，他的父亲正坐在门槛上，抽着烟，喝着闷酒。那是他第一次见坚强的父亲如此忧伤，他默默地走上去，父亲开口说："伢子，你妈妈在天堂里看着我们呢，所以，我们要好好地活着。"

"是啊，妈妈在天堂里看着呢，我们能不好好活，活出个精彩来么？"他喃喃念着，泪水湿了一地。

他把对母亲的思念全部化为了读书的动力，他的成绩一路飙升。为了供他念书，父亲也起早贪黑地贩点小菜卖。有一次，他中午去银行取钱，远远地看见父亲正躲在角落里啃着冰冷的红薯，他揪心般地痛，跑上去。父亲故作轻松地说："伢子，没事呢，昨天煮的，还能吃，挺香的。"他执意咬了一口，硬，冷，他突然抱住父亲，泪水再也忍不住地流了下来。

他以优异的成绩考取了澳门大学，临行前，他执意让父亲和张姨成婚，父亲说什么也不肯。他说："爸，你都五十多岁的人了，留你一个人在家，我不放心。"他想，天堂里的母亲肯定也赞成自己的做法，因为，他们都要好好地活。

坐在火车上，他抬头仰视夜空，一如每个晚上仰视夜空的父亲一样，他想，最亮的那颗星星一定是母亲的眼睛吧，母亲在看着他呢，他忽然觉得浑身都充满了斗志。

五年后，他在澳门安了家，他把父亲和张姨都接了过来，按照父亲的意思，装修的风格是按照母亲在世时最喜欢的风格。父亲一来，就在阳台和屋顶都种起了菜，父亲说，那是给他种的，父亲说这话时，他突然觉得心里慌。

两个月后，父亲突然说要回去，他愣住了，但劝不住，一回去，父亲就病倒了，要送医院，父亲拒绝了。张姨说："去你那儿之前，你父亲就病倒了，去医院检查，医生说，只有三个月了，我本不想他去你那儿的，但你父亲不放心。"他红着眼睛问张姨："这么大的事，怎么都不告诉我？"张姨说："他不肯，怕影响你学习工作，你父亲就是这样的人，他说从小到大，他都只会打你、骂你，他内心里亏欠着，不忍心再告诉你。"

半个月后，父亲安静地去了，躺在床上，望着北方那颗最亮的星星，父亲用最微弱的声音说："伢子……看见了没……你妈妈在天堂里等着……我……呢。"

是啊，妈妈在天堂里看着他们呢，他抓住张姨的手，泪如雨下。

那种温暖百转千回

赵晶

那一年，父亲找尽了所有的关系，才把我弄进这所高中。从农村里的一所普通中学，一下子跃到国家级重点中学，我的心里是庆幸而自卑的。

在这个班里，别人的父母要么是政府公务员，要么是企业老总，只有我是个例外，我的父母没读过书，还生活在贫困线以下。

从我背着黄布书包，穿着的确良衬衫和军鞋，踏进校门的第一天起，我就受到了各种歧视，同学们那种刻薄而尖酸的眼光就不用说了，就连守门的保安，有次也差点把我当成乞丐轰出去。我没有哭，纵有眼泪，也止于眼眸。我告诉自己，一定要坚强地活着，要活得有尊严，有自信。

我开始每日每夜地努力，头一个学期，我的成绩由入校来的倒数第二名，上升到顺数第三名，第二个学期，我上升到全年级第一名。但在同学的眼里，我除了成绩优异之外，是个别无所长的乡下丫头。

班上组织夏令营活动，我没参加，因为没钱，我也没有张口向家里要钱，父母为了能将我转到这个学校，已经花光了家里所有的积蓄，我不忍心，让他们过度操劳。同样是因为没钱，班上组织的野炊活动，我也是一个人一队，同学们吃饭的时候，我只能跑得远远的，摸出早上买的冷馒头，飞快地吃掉。

每个月末的时候，我都会跟着父亲去另一个城市进货。看着父亲在烈日炎炎下，背着大包小包，艰难地往前走，我的心阵阵酸痛。

就是这样的家境，让我每一次面对班上的家长会，都不知所措。然而，父亲终究是要来的，班主任已经下了最后通牒，要是父亲再不来参加家长会，班主任只好去请了。

我把这个消息告诉父亲时，他正在简陋的房子里修着吊扇。这个炎热的夏天，父亲决定给我们这个家装一个电器，吊扇是在废品站回收的。父亲年轻时，学过半年维修，敲敲打打地弄了半个多小时，吊扇便开始运作了。父亲从身上摸出二十元给我，又问：什么时间？我说，这周星期六，如果你有什么事，跟老师说一下，可以不去。其实，我是希望父亲不去。父亲一直以我为他人生的最大骄傲，哪会知道我心里的想法，他只是望了望自己打满补丁的衣服，然后说，燕儿，放心，我不会丢你脸的。

周六，我很早就在校门外等待。一向准时的父亲，却迟迟没有出现。我长长叹了口气，正如我所料，父亲没有来，这样也好，免得让大家看我的笑话。正当我转身进去时，父亲的喊声从我身后传来。回头，只见父亲穿着笔挺的西服，夹着公文包，大步流星地走过来。我欣喜地走上前去，心里却惊讶极了。

那次家长会，父亲一直都是挺直胸膛地坐着，他的脸上，自信而谦和。父亲，也作为家长代表发了言，他流利的演讲赢得了大家的一阵掌声。

家长会刚刚结束，我正有千般疑问想问他，父亲却说，你在这儿等我，我去去就来。父亲快步走到一辆三轮车旁，迅速地脱下衣服给司机，然后又把几张纸拿出来。父亲穿着打补丁的衣服过来时，我问那个人是谁，父亲沉默了一会儿，才说，是我的一个同事，有一个女儿也在这个学校读书，也是今天的家长会，所以我们商量了一下，合租了一件西服，并请别人帮我们写了一份演讲稿。父亲平淡地讲着，而我的心里，却已经是一片潮水泛滥。为了维护我那年少的虚荣心，父亲不惜放下自己的骄傲的尊严，去弄虚作假。我深深记得，父亲曾对我说过，他是一个做事有原则的人，从不会为了任何事，去弄虚作假。想不到……

面对父亲，我感到深深的愧疚，我只能每天早上对自己说，你要用心一点，

再用心一点，这样才是爱你父亲应有的态度。

原以为，我的生活轨迹，就这样顺利地走下去，但不久后的一场灾难，打破了我的梦想。父亲在一次车祸中，失去了右手。公司也借此解聘了父亲。

失去了经济来源后，原本就家徒四壁的一家，更是雪上加霜了。父亲沉思了良久，决定让我转学，郊区有一所学校，愿意减免我的全部学费和生活费。

来搬行李那天，我执意让父亲来我的宿舍。当同学们看到独臂的穿着补丁衣服的父亲时，有人小声问我，这是你请的搬运工么？不！我不卑不亢地说：这是我的父亲，我独一无二的父亲。开始大家是惊讶，然后是热烈的掌声。

泪眼迷蒙中，我伸过手去，紧紧握住父亲的手。父亲的手，在我的手心颤抖了一下，他说，你真是个傻丫头。我说，你也是个傻父亲。然后，他紧紧地握住我的手。

到现在我都记得那次握手的感觉，人世间，那种百转千回的温暖，正从父亲的手里传递到我的手里，而现在，我又将把这种温暖传递给下一代。

是的，一代一代传下去。

第二辑

父母的岁月，儿女的情长

这个世界上，爱的方式有很多种，但不管如何选择，爱依然在，亲情依然在，就算暂时隐没在光阴之外，当需要时，它依旧能从冰天雪地里横空而出，长成最美丽的参天大树。

父母的岁月，儿女的情长

赵晶

他是由父亲一手带大的。他的父亲和别人的父亲不同，犯过事，因为抢劫。从此，他们便是被大家鄙视的对象。

他的母亲，在他父亲进派出所的那两个月里，因为受不了过贫穷和被人耻笑的日子，便跟人跑了。

他只好跟着父亲去流浪，从一个城市辗转到另一个城市，直到他们在一个无人能识的山村里安家。

房子是父子俩一起盖的，他们还在山脚边种起了菜，父亲每天都是风里来，雨里去的，为的只是能给儿子多赚些读书的费用。

八岁，他终于第一次坐在明亮的教室里，他深知学习的来之不易，一有闲暇时间，就迫不及待地拿起书。在昏暗的煤油灯下，父亲瘦弱的背影是他的天。

他常给父亲朗读古诗，父亲不懂，他耐心地一句句地解释，末了，还认真地说："等我将来长大了，我也送你去读书。"

父亲听了便笑了，用粗糙的手抚摸着他的肩膀。他突然想到，要是父亲能用这双手多摸点书，也不会为了些许小利去抢劫了，那他们也不用到处颠沛流离，而母亲断然也不会因此离家出走了。

冬天到了，他跟随父亲去打猎。走到悬崖上。父亲突然停住了，他循声望去，是一列飞驰的火车。良久，父亲才讷讷地说："你母亲就是乘这列火车走的。"

他们虽然流浪过很多城市，但从没坐过火车，也不知道火车的终点在哪里，从父亲的描述中，他只知道母亲现在住的是很漂亮的洋房，有车，还有游泳池。当时他郑重地向父亲承诺："等我将来大学毕业了，一定坐火车把母亲接回来。"

他确实很用心地念着书，后来大学毕业后，他去了沿海，几年打拼下来，他成了一家公司的销售经理，也经常坐着火车到处奔波。父亲便问："你见着你母亲了？"

他觉得父亲真的很可笑，那么多火车，父亲根本不知道母亲坐的哪列，却心一软，说："等我有假了，我就去找。"父亲便欢喜得像个孩童般手舞足道。

还真的请到了探亲假。他回了趟老家，询问到了母亲现在的住址，又买了张票。刚出发时，公司便来电话了，说有个重要的会议，要他迅速赶回去。他犹豫了会儿，还是没回，他想：少个人，会议还可以继续进行，但父亲的心愿，不能没有他。

找着母亲时，她正病着，两个人哭得稀里哗啦，泪水湿了一地。他这才知道，母亲远非他们想象的那么好，出来一年后便被人甩了，又无脸回去，就只好做些小生意，维持生计。那几天，他衣不解带地照顾着母亲，无怨且无悔。

后来，他把父母都接到了身边，又送父亲去读老年大学，周末的时候，他常常带着父母亲去游玩，那情形，就好像，母亲从没抛弃过他一样。

他常对人说，父母的岁月，就是儿女的情长。

那么坚定地爱，那就用力爱

王国军

那时，我还小，他很穷。身材佝偻的他从来都是别人的笑料。只是，他从没自卑过，每天展现在他脸上的，是一张谦卑而自信的笑脸。母亲来到这座城市时，遭遇抢劫，是他收留的，于是，母亲便顺理成章地成了他的妻。

我刚学会说话的时候，母亲就跟人走了，他认为靠他的能力能养活我，能给我幸福的生活，于是他坚持留住了我。

五岁，我没有喊他爸爸，我只会坐在他矮矮的、骆驼一般的身体上，驱赶着他朝前爬，我小小的脸上尽是笑容。

九岁，我依然没有喊他，说实话，我心里是鄙视他的，学校每次要召开家长会，我都说我父亲在浙江打工，一直未曾回来。即使他坚持来接我，我和他也保持一条街的距离，有时，我在想，也许，那是我们一辈子无法跨越的距离。

十二岁，我长得和他一般高了，我不再相信他能给我美好的生活，我甚至羞耻于正眼看他一眼。在我眼里，这个卑微、丑陋、矮小，并且最终沦落到拾垃圾来养活这个家的男人，没有资格做我的父亲。

我考上大学那年，是父亲最风光的时候，他逢人就说，他的儿子学习如何了得，对他又是如何孝顺。他试图把腰杆儿挺得直直的，尽管生活的压力，早把他的身体磨成了一座拱桥。他却不知道，当电视台来采访我，被我拒绝了，当报社来找我，也被拒绝了，那一切，只因为憎恨家里那个卑微而丑陋的男人。

大学四年里，我只回过一次家，我总有太多的借口可以使唤，而他总是那么容易满足，甚至连我在电话里明显表现的不满，他也毫不在乎。

突然接到他的电话，是在我住院后，本不想告诉他，但昂贵的医药费，让我没了方向。他却在电话里，满是责怪："这么重的病情，怎么能不治呢？你也真够傻的，为什么不早点告诉我，让我好去照顾你啊！"他提出要来北京，被我拒绝了几次，最后他急了："孩子，你可以讨厌我，但你不能阻止我爱你，明白吗？"是的，我无力阻止他，唯有默然。

他就住在医院的附近，他说这样，一来方便照顾我，二来，也可以找份工作。但他很少在人多的时候来医院，也许是他意识到自己的卑微，也许是他忙得没时间过来。

他来后的第二周，我好多了，心里忽然想去看看他。来到他所住的地方，狭小的空间里，除了一张床外，已几乎摆不下任何东西。不知道是北京的冬天太冷，还是床太冷冰，被子太单薄，我躺在床上，抖得连打冷战。

知道他的消息，是在晚上七点半的新闻节目中，电视里说一家酒店起大火了，旁边的一些打工者自告奋勇来救火，有一个人被烧成了重伤，记者拍摄到了伤员出来的画面，他的全身包满了纱布，只有眼睛露在外面，我认识那双眼睛，那双深邃而又饱含自信的眼睛。

我是连夜赶去的医院，因为抢救，我没能进去看他。被他抢救出来的一位女性紧紧抓着我的双手说："你有一个伟大的父亲，我为你自豪……"

再次见到他，是在两天后，他终于转危为安。很多人都带着鲜花来看他，不知道为什么，那阵子，我唯一能补偿他的，就只有无休止的眼泪，是为了那年少无知的轻狂，也是为了我自惭形秽的虚伪。

他说："看着别人都有电脑，我也想给你买一台，所以我只好拼命干活。"

他又说："本来我领了工资，就想过来喊你一起去电脑城。在路上，我看见一家酒店起火了，我无法控制自己，结果……对不起！"

他接着说："我知道这些年，你一直都不喜欢我，讨厌我，我一直都在努力，我希望能让你改变对我的看法，我希望能做一个合格而称职的父亲，我能如愿吗？"我点头说："你一直是个伟大、称职的父亲，是我错了，这么多年来，我一直都没读懂你，对不起！"

他笑了，热泪却从眼角边滑了下来。

他紧紧握着我的手。他最后说："孩子，我还可以像以前那么爱你吗？我能抱抱你吗？"他努力移动着身子，我拼命靠近。

我哭着大声说："爸，既然你爱得那么坚定，那就用力爱下去。"这么多年，我是第一次喊他。

我的父亲，带着微笑，在我柔弱的肩膀里，甜蜜睡去……

有多少爱在时光中隐藏

王国军

从小，他就对母亲不满。他一直以为，是母亲的自私和吝啬，才让父亲病死家中的。

他是个内向的孩子，再大的恨，他也会暗自藏在心中。十三岁，母亲带着他来到这座城市打工。母亲每天都奔波于大街小巷，过着卑微日子的她，却咬牙把他送到了这个市里最好的私立学校。

他的成绩也算班上中上等，只是，每次家长会，从没看到他的亲人来过。同学们忍不住好奇地问他，沉默了一会儿，他咬牙说："我妈病了，病得还不轻。"

他没想到，他的这个谎言成真了。他上高三那年，母亲在当搬运工时，不小心被车撞了，粉碎性骨折，医生说，很有可能她要在轮椅上度过一辈子了。母亲低着头，无语泪流，倒是他却幸灾乐祸地笑了。他一直认为，这是她罪有应得。

瘫了腿的母亲无法再当搬运工，不久后，她在家门口摆起了地摊。那个夏天，他突然发现，有个男人经常来他家光顾。说是帮忙，但那看母亲的深情款款的表情，让他愤怒了，本来就对母亲有恨，何况现在又多了个想插足的人。

所以，他对两个人的交往极其反感。好几次，听到楼梯口传来脚步声，他总是第一次时间跑过去，看到是他，就会"砰"的一声，把门关得紧紧的。

已是高考前最重要的时刻，他搬到了学校住，但他还是不放心，每周回家一次。有时男人就在家里，看到他回来，男人就像犯了错似的，屋里屋外地忙着，然后，默然离去。

那个下雨的晚上，他突然看见男人扶着母亲在大街上亲热地走着。他的火儿一下子来了，跑到街道上，伸手对男人就是一个耳光。男人捂着热辣辣的脸走了，而伤心欲绝的母亲，拄着拐杖黯然离去。

读大学后，他再也没回那个令他讨厌的家。给母亲打电话，也只是空洞洞的几句问候。有时，母亲在电话里欲语又止，他总会赶紧岔开话题。他想，也好，他们过他们的，我过我的，从此是两条平行线。

他继续他的生活，毕业，工作，恋爱。他的人生轨迹就这么一步步匆忙地走着，忙得都仿佛忘记了家里还有一个年老的母亲在思念着他。直到结婚前，他参加高中同学聚会，突然遇到了邻居翔叔，没等他开口，一个耳光就来了，"你这个逆子，你妈妈天天在村口等你，眼睛都快等瞎了。"

他的头"嗡"的一声，差点摔倒。从翔叔的嘴里，他终于明白，原来，在那次事件后，母亲就离开了男人，独自一个人回到了老家。之后的每一个早晨，母亲都会早早起床，拄着拐杖来到村长家，为的只是等他一个月才一次的电话。而他已经有两年没打电话回家了，母亲依旧等待，风雨无阻……

后来，他又偶尔知道，男人曾答应过母亲要供他读书，为了承诺，男人每天都会下海捕鱼，大四那年的一个大雨夜，男人出海就再没回来……

那个晚上，他突然做了一个梦，梦见在一望无垠的大海旁，年轻的母亲和年轻的男人牵着手，一路幸福地朝前走去。而他，就跟在后面，小小的心，温暖而甜蜜。

他从梦中醒来，有关母亲和男人的记忆却如溃堤的洪水汹涌而至，那一刻，他泣不成声……

爱隐没在光阴之外

王国民

　　她一直以为她是多余的角色。在家里，她从来都没受到过重视。吃饭时，她只能端着碗，远远地躲在一边，夹菜，肉都是放在弟弟的碗里，她所能做的，就是最后去收拾剩菜残肴。

　　她想她是被捡来的，要不然，待遇为何相隔天差地远。她又想，或许老天让她生来是个女子，在这个流行传宗接代的山村里，女孩注定是被忽略的角色。忍不住去问，冷着脸的母亲敲她的脑袋，去看你书吧。也只得坐在床边，家里唯一的一张书桌，永远是属于男孩的。

　　唯一能安慰他的，是从垃圾堆里捡来的一个精美文具盒，里面有一张大学课程表和两支中性笔。笔是舍不得用的，她挂在胸前的袋子里，小小的心里便酝酿着一个大学梦，她希望自己长大后，能离开这个讨厌的地方，越远越好。

　　一次，学校要开家长会，她跟母亲说，母亲出乎意料地答应了，她兴奋得一个晚上都没睡好。家长会那天，她早早地在校门口等待，母亲终于蹒跚而来，她笑容满面地走上去，迎接她的却是一句焦急的话："你弟弟的教室在哪里？他也要开家长会，你快领我去，快迟到了。"她仿佛被推到了地窖里，浑身冰冷，她在离开的时候哭了，波涛汹涌。

　　从此以后，她对父母再没任何奢望。作文课，只要与父母有关的作文题，她的内容就只有四个字：讨厌、憎恨。善良的老师想跟家长沟通，结果，她

遭来的是一顿皮鞭。

没多久，家里的钱便遭偷了，母亲以为是她偷的，她被勒令在冰天雪地上站着，一动也不能动。恼怒的母亲，冲上来便是两巴掌，问："钱在哪儿？"她说她没偷。罚站了一个晚上，她仍然坚持说："我没偷。"

她是在化雪的凌晨，离开这个家的。那一年，她才十四岁，身上只有五毛钱。

她走了整整两个月才到北京。累了，就在别人的檐下小睡一会儿，饿了，就从垃圾桶里拣些别人没吃完的面包和馒头充饥。因饥寒交迫，她到北京后不久，便晕倒在一所大学门口。是一个好心的大学教授收养的。后来，她便成了这个新家的养女。

教授送她读高中，读大学，每一天都对她极尽关爱，而她也懂事地回报着，她从小被撕裂开的心伤，正慢慢地愈合着。

大学毕业后，她进了一家外企，五年后，她有了自己的公司，有了属于自己的房子和车子。这些年，她从没和老家联系过，她以为自己能云淡风轻了，直到有一天，她在街上遇到了曾经的伙伴，伙伴惊讶地问："你没遇到你父亲？他在到处找你，听说这些年，你母亲一直都在为你的事而自责，病了，病得很重。"她咬着嘴，没说话。回到家，却哭得昏天暗地。她控制着不想，父母的印象却清晰地屹立在记忆深处，挥不去，散不尽。

她一眼就从汹涌的人群中，认出了一身布衣的父亲，父亲这些年明显老了，老态龙钟。父亲说："你弟弟辞职了，你能不能帮他安排一份工作？"她的笑凝住了，一双手僵在半空中。

曾经的疼又历历涌上心头，她很想大声责问父亲，要不是因为弟弟，她怎么会有那么悲惨的童年！看着怜悯的父亲，她不忍心说，也就没说。

父亲是在第二天早上走的，她没去送，她的内心里一直没有原谅弟弟。后来，父亲还来找过她两次，每一次她都躲着不见。

知道母亲发疯的消息，是在三个月后，那时北京下着很大的雪。她的心，一如雪的慌忙。养母说："你回家去看看吧。也许情况不是你想的那样。"回家的路上，她给弟弟打了个电话，那头，一声声姐姐地喊着。她以为自己已经够铁石心肠，通话的刹那，她才明白，原来她心中脆弱的冰块，早已融化。

母亲拿着她最爱的文具盒在房间里舞弄着，嘴里一遍遍着念着她的小名。所有人都劝她不要靠近，她却扑了上去，用尽力气哭着喊："妈，我回来了！"

那一声"妈"，让所有人泣不成声。母亲也停止了动作，愣住，继而转过头，笑："闺女，你终于回来看我了，我足足盼了你十三年。十三年啊，妈妈也错了十三年。"

叔叔拉着她的手说："其实，你弟弟本不是你父母亲生的。那年，我和你父亲出去挖煤，遇到塌方，一名好心的工人把我们送到了外面，自己却永远留在了下面。工人的妻子不久后也去世了，留下一个三个月的儿子，你父亲不忍心，便把他抱了过来。我一直想告诉你实情，你父母硬不让我说，他们怕你知道后歧视他，你母亲说，宁愿亏欠你，也不能亏欠他……"

她听不下去了，眼里一片晶莹。那个晚上，她左手牵着弟弟，右手牵着母亲，睡在一张床上，母亲的头斜斜地靠在她的肩膀上，发出轻微的鼾声。

父亲说，这么多年来，他是头一次看见母亲睡得那么踏实，那么甜。

后来，她嫁给了一个教师，她对丈夫的两个弟弟也出奇地好，如果别人不说，没有人知道她也曾经很受伤。

是啊，这个世界上，爱的方式有很多种，但不管如何选择，爱依然在，亲情依然在，就算暂时隐没在光阴之外，当需要时，它依旧能从冰天雪地里横空而出，长成最美丽的参天大树。

每一颗星星都有一片璀璨的夜空

郭超群

她一直都觉得自己命不好。三岁，她失去了父亲；四岁，她差一点因为出血热而离开人世；五岁，一场百年不遇的洪水冲倒了她家的小屋，靠着飘浮的圆木，才躲过一劫。八岁，母亲带着她嫁了一个司机，直到这时，她才觉得自己的运气慢慢好转起来。

于是，她尝试着与继父处理好关系。她努力做一个好孩子，知书达理，当她一次次把母亲给她吃的东西递到继父跟前，继父冷眼看都不看一下，只说，放在旁边吧，却从头到尾，碰都不碰一下。

读寄宿后，每次问继父要钱，他脸都是板得紧紧的，尽管她努力强装欢笑，但背后，却是抽筋般的疼。六年级，作文题，写和父亲的幸福生活，她交了白卷。老师问她，她说，我的父亲已经死去了，我是个没父亲疼的孩子，所以我一点不幸福，没东西可写。却不想，被继父知道了，那一次，他是真的生气了，拿起鞭子，就欲打下去。她哭着说，你打吧，最好是打死我，我好去找我的亲生父亲诉苦。我会告诉他，你根本没资格做我的继父。

鞭子落在地上，他黯然离去。那一次，是真的刺痛了他，三个月都没来过。等再来时，他整个人都瘦了一圈。这以后，虽然他对她好了很多，只是这年少结成的心结，早已根深蒂固。

初三时，继父希望她读市一中，她却偏偏选择了一所最差的中学。高三时，他希望她能报考本地的大学，彼此都能有个照应，她却偏偏跑到了杭州。

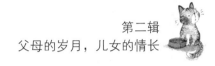

他气得跺着脚叹气。

大学毕业后，她选择到贵州支教一年。她本以为继父又会反对，但他听了，只是淡淡地说，一个人在外，万事要小心。

确实是很艰难。她所在的那个小学，在深山里，没电视，没网络，甚至连手机信号都没有。来了三个月，她只给家里打过一次电话，电话里，母女俩哭得稀里哗啦的。母亲说，在外一定要当心啊，你叔叔可担心着你呢。母亲又说，家里的葡萄熟了，你叔叔说要给你留着，舍不得卖。母亲的嘴里开口闭口就是叔叔，她也深知母亲的心意，那么多年了，该恨的也早已淡了。

不久后，她突然发现，自己的门外，多了一些野味。开始以为是家长送的，到班上一问，都不知道。后来，几乎每天早上，打开门，都是一碗热气腾腾的辣椒面，那可是她最喜欢的，她的惊讶无复以加。难道是母亲来了，可在这荒僻之地，母亲即使知道，也难以找到啊。

那日，她想下山一趟，从学校到坐车的地方，足足要走一个小时。因为最近经常有人抢东西，她特意选择大清早出发，却还是遇到了抢劫的，是两个小青年，一把匕首晃得刺眼。她倒是非常冷静，她想说服他们，没想到两个小青年根本不理她，就欲扑上来。慌乱中，一个人影闪了出来。片刻间，两个小青年被打得人仰马翻。她呆了，那个人不是别人，正是她恨了十多年的继父。

她说，你怎么来了。他讷讷地笑，想你了，就过来看你了。

她回到学校，却发现，学校里所有的门窗都已修补一新。校长站在门口，拍着他的肩膀，说，丫头，你真有一个世界上最伟大的父亲，这么远，居然辞职来陪你，还义务给我们维修。

她张大嘴，你怎么认识我爸爸？

校长就笑，你来不久，他就写信过来了，基本上是一周来一封，信里全是在问你的情况，还多次拜托我一定要好好照顾你，说你在家很少吃过苦，

任性又不懂事。

她的眼里一阵潮湿，顾不得上说"拜拜"，人飞奔似的朝外跑，在村口，看见继父正扶着母亲走上来。

事情的真相，是母亲后来告诉她的。其实你一直都误会你叔叔了，小时候，你给他吃的东西，他都舍不得吃，硬要给我吃，我一直都想告诉你事实，是他不肯。

知道这里有人经常抢劫后，他一直都放心不下，又牵挂着你，于是一合计，干脆到这边来住一年，就当是旅游。

一个真相，让她心里所有的冰，都在顷刻间烟消云散，暖暖的，这些年，继父并不是不爱她，只是这种爱，多了几分理性和沉默。

她忽然想起小时候和继父去看电影的情景，两个人就走在满天星斗的夜空里，她说，妈妈说，每一个孩子都是星星变的，我想我肯定是那最大最亮的北斗星，那么你呢，你要做什么呢？他说，那我就做那片璀璨的夜空吧，因为有我，才有你的美丽与精彩。

原来，整整十八年了，他一直都在做那块璀璨的夜空，千里万里，也遮盖不了，一个父亲如海般的爱。

陪你再走两百米

郭超群

她和奶奶一起相依为命，她从没见过她的爹娘。只是听说，妈妈在她两岁那年，得了场大病，在医院输血时，不小心感染了艾滋，为了怕传染给她，一个人偷偷走了，爸爸去追，也一直没再回来。

奶奶住院的那段时间，正是她高三最紧张的复习阶段。但她仍坚持每晚来陪她。从学校到医院不远，但是必须得经过一条小路，长两百米，两边都没房子，全是树。一到晚上，显得阴森可怕。听说，这里出过好几起案子。

就因为这个，奶奶不让她来。可是以她家目前的情况，连支付昂贵的医药费都成问题，更不用说请人照顾了。很自然地，她想到了退学，而且这种想法越来越强烈。

她没告诉奶奶，她只是认为这是解决问题的最好办法。那天中午，她去看了一下奶奶，回来，却突然发现学校的大门旁坐了个女人，她脸上蒙着面纱，手里拿着一本书。

下晚自习，她出来，那个女人也跟着她走，保持着二十码的距离，不紧不慢。她不知道那个女人在那里干什么，甚至不知道那个女人叫什么名字，好几次，她停下来想问，女人也停下来，她走，女人也走。

之后每天，她都看见女人坐在那，直到她晚自习下课，她才起来，收拾好凳子走，然后在她进入医院后，转身离开。

后来，她知道女人就住在学校后面。她从没有和那个女人说过话，她觉得女人是在有意躲避和自己交流的机会。但是有一点，她很清楚，她不再害怕，甚至还对那个女人产生了好感。

连续几天，她没看见女人，她忽然觉得不习惯，下晚自习出来，她站在马路上，心像被掏空了一般。

脚步声响起来，她停下，她分明看见那个女人，正一步一步地走过来，步履迟缓，她很想去扶，可她知道，女人不会接受她的好意。

头一次，她把步子如此放慢，也是头一次，她有了一种被幸福拥抱的感觉。

就在她最后一只脚跨出这条小路的时候，她分明听见了沉重的落地声。转头，她已倒地。她跑过去，女人却喊住她："不要过来，我有艾滋，我怕传染给你。"

她忽然想起她离家出走的妈妈，她毫不犹豫地说："我不怕。""可是我怕！"女人大声说。

女人接着喘了口气："你奶奶是不是病了？"

"是。"

"你是不是想到了退学？"

"是。"

"你还恨你妈妈吗？"

她拼命摇头，眼睛里湿湿的。

"听我说。"女人又喘了一口气，"我这辈子没为你做过什么，没有尽到做母亲的责任，我一直都觉得愧疚于你，我……"

女人连续喘了几口气："我可能再也不能陪你了，我走后，请把我和你那苦命的父亲葬在一起，他的骨灰，就放在我租的房子里。"

她再也忍不住了，"哇"的一声哭了出来。她紧紧抱着女人，哭着说："明知道身体不好，你为什么还要出来啊？"

"只是想陪你再走两百米。"女人静静地说，头开始下垂。

她大声喊"妈"，可是女人再也听不到了。泪眼模糊中，她觉得她的整个世界，都被一颗爱的心温暖了……

你的宽容都给了谁

胡慧

我五岁时，她会把上山时偷的一块红薯悄悄放在我的手里；我十岁时，她会因为我怕下雨而天天背着我上学；我二十岁结婚时，她会到处夸耀我找了个好媳妇；我三十岁时，她总会把种的西瓜都留着，静待在外工作的我归来，直至西瓜都烂了，才不舍地扔掉。

别人说，你就是你妈妈心中的一块宝，她心中想着的，只是如何对你好。可我知道，我永远都无法等价地去偿还这份爱。

常记得母亲挂在嘴中的一句话："我现在对你这么好，等我老了，你也会这样对我吗？"我如实回答，我不能。她会为了我想吃香蕉而走上三十里路，我不能；她也会为了我想吃玉米，而种上一亩田，我不能。是的，在父母与儿女这架天平上，永远都无法平衡。

不仅不能，我们还在挑剔他们的爱。不仅没有耐心听他们的电话，而且会因为一两句牢骚而粗暴地挂掉电话，我们会像没有教养的鸭子一样，在他们眼中毫无顾忌地释放自己的愤怒和歇斯底里。

忽然想起一件事，早上去上网，我和网友约定了八点钟视频，起来时都已经七点半了，我抓了一个苹果就想跑，母亲却想让我吃了早饭再走。因为她知道我这一去，就是两个小时，而有胃病的我总是太容易饥饿。

明明她是一番好意，我却莫名地言辞激烈，抽身而去。再回头看母亲，她站在那，泪水涟涟："你是越大，脾气越坏了。十年前，你不是这样的。"

　　我知道母亲说的是什么事。那一年。我在读中师，母亲提了一篮子鸡蛋来看我，我让母亲待在我的寝室。结果，她在整理我的床铺时，不小心打翻了放在柜子上的水，也弄湿了半边床。

　　母亲小心翼翼地向我赔罪，我不忍心责怪她，我说："没事的，一瓶水而已，这个世界上没有东西会比我爱你更重要。"怕她还伤心，我接着开导,细语安慰。那个晚上，我和母亲就靠在半边床上，紧紧地拥抱在一起。

　　从此，每年我生日，她都会提起这件事，她总说，我是她最心疼的女儿。而现在，母亲没犯错，我就这样气急败坏，急躁粗暴了，真难想象，要是她真错了，我又会如何待她？我不禁要问自己，我的宽容到底给了谁？为什么，我们总是对朋友太仁慈，而对亲人太残忍，难道这一切，只是因为我们血脉相连？又或者是我年纪越大，对母亲的耐心也越差？

　　忽然悲从中来，我想我是错了，而且是大错特错。我决定向母亲道歉，只因为我本是一个宽容的人，大度，热情，而又彬彬有礼，面对亲人，更应如此。

生命里的一双雨鞋

胡慧

在我的木橱柜里摆放着一双小巧的雨鞋。当然，它不是纯粹意义上的雨鞋。而是一双割掉了上部，可以当皮鞋穿了的雨鞋。

闲暇的时候，我总会穿着它在卧室里走来走去，走着走着，心中便充满了无限温情。

那是我读初三的事了。当时家里穷，我们没能力买皮鞋穿。每天早晨，我就穿着双旧军鞋，背着黄褂布的书包，踏着满地的露水匆匆赶往学校。

从家到学校要经过长长的田间小路，自然每一次军鞋和裤子上都沾满了露水。湿湿的、冷冷的感觉令我很不好受。

可我不敢跟母亲说，我怕她难过。她的日子已过得很艰苦了，我不想再给她增添什么负担。

雨鞋家里是有的，但已经破了好多个洞，穿出去也会让人笑话，何况益阳的春天两头冷，中间热，穿双厚厚的雨鞋也不合适。

一天，我顶着小雨赶回家，军鞋和裤子裹满了黄泥巴。我的小脸皱得很难看。母亲为我拿了条裤子，我就冲他嚷："妈妈，你什么时候给我买双皮鞋啊？""皮鞋？"母亲的脸一下子落寞了。"现在家里穷得连包盐都买不起，哪还有钱给你买皮鞋啊。"母亲的话里透着无奈。在我的记忆中，母亲是头一遭用这样的语气与我说话。她是不愿意埋怨生活的，或许她心里也曾埋怨过，只是不愿意表露出来，她只想给我们展示着其阳光的一面，仿佛那些风风雨雨，

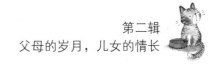

经母亲的手一抖，便有了明媚的味道。

　　刹那间，我的心立即被母亲的话颤摇着，我突然痛恨着自己有这样荒唐的想法，我陷入了深深的自责里，不再说话。母亲也不说话，像是在埋头思索些什么。

　　晚上的时候，我点燃煤油灯，正在看书。母亲突然一脸灿烂地走进来，"漂亮吗？"她把一双割掉了上部分的雨鞋给我看。"哇，妈妈，是你买的么？"我惊讶且兴奋地说。"要是觉得可以，就拿去穿吧。"母亲笑着回答。我赶紧换上，又在屋子里走来走去，立即有了一种轻飘飘的感觉。"真合脚！"我神气地说。"我把你那双破了的雨鞋稍微加工了一下，这样你每天穿着它，就不会把脚打湿了。"母亲望着我说。我突然敬佩起母亲的聪明，这样的好主意也亏她想得出来。母亲又把煤油灯举起，好让我能看清这双雨鞋。我看见，母亲的眼里闪着光，如水的灯光，我想这该是母亲给予孩子的一种对生命喜悦的欣赏吧！

　　我凝望着母亲充满爱意的神态，我的心里也激动了整整一个晚上。

　　第二天，我穿着这双雨鞋早早去了学校，也许是我特意的展现，立刻引来了伙伴们的一片啧叹。

　　"你穿的是皮鞋么？"

　　"新式皮鞋。"我抬起头，大大的眼里满含的是真实。

　　"哪里买的？"

　　"是我母亲做的！"我自豪地说。

　　"你母亲好厉害啊！"伙伴们一个个流露着羡慕的神色，我开心地笑了。这就是我的母亲啊，一个生活在极端贫困中的母亲，却用她的身体力行，一直教着孩子如何品味着生活里的清凉和甘美，引导着孩子如何树立乐观的人生哲学，这是何等的用心良苦啊！

　　自此之后，我每天都穿着那双当皮鞋穿的雨鞋上学，直到六月的炎热如火，

我才依依不舍地脱下。我对母亲说："妈妈，明年我还穿着它上学。"

母亲摸着我的小脸，说："你想穿就穿吧！"

如今，这双雨鞋早已经退伍了，我却一直舍不得扔。我把它小心地保管着，我知道保存起来的不再仅仅是一双雨鞋，而是一种至深至纯的人性之爱。

母亲的忍让

王国民

这世上的女子分好多种，母亲属于最能忍让的那种。在我们看来，母亲的忍让，已非一般意义上的称谓，而是必须上升到一种哲学的高度来仰视，才能真正理解其中的甘甜与快乐。在我的记忆中，从没见母亲跟人红过脸，吵过架，她总是用惯有的一种笑脸来面对任何人、任何事。记得小时候，我们要是在外面受了委屈，跑回来投诉时，母亲总会说，一个巴掌拍不响，想想你自己，或者站在别人的角度上来思考这件事，你觉得自己有没有错？说实在的，这话听起来不中听，但事过一想又不得不承认母亲的话很有道理。母亲从不愿在家里讲别人的是非，她思索得更多的是自己不是的地方。母亲的这种忍让哲学与现在流行的"各人自扫门前雪"或者说"为了金钱可以连亲人、朋友也能捅几刀"的人生格言可谓背道而行。但母亲并没有被生活边缘化，相反的是，她以她的行动赢得了更多人的尊敬和喜爱。

因此，在母亲的这种人生哲学的影响下，我们在为人处事中，考虑更多的是别人的感受、别人的利益，而非自己。事实上，这种人生态度，在现实中往往是最吃亏的，但显然母亲对吃亏有她独特的见解。她说，人嘛，活一辈子，不就是图个快乐么，只要心里踏实了，吃点亏也没什么的。

只要是周末，我的家里总是坐满了客人，乡亲们都愿意到这里来坐坐。以前穷的时候，就带把扇子过来乘凉，聊些风花雪月的故事。而现在条件好了，日子富裕了，乡亲们来得更勤了，或者讨论着哪个地方的煤矿又发生了灾难，

死了多少人，说得一脸沉重；或者讨论着取消农业税所带来的实惠，说得一脸灿烂；也或者是四五个人围成一桌，打打麻将什么的。

母亲为此还特意买了一包上好的铁观音，每人都泡一杯，又在桌上放着瓜子、花生之类的零食。父亲是个不吸烟的人，但母亲总会叫他买上一包，给大家抽。因此，每次客人走后，母亲总要仔细地扫扫一遍。母亲从不埋怨，她永远是笑脸相迎，笑脸相送，仿佛这一切都是她应尽的义务似的。

我不知道母亲为什么这样好客，有一次我曾认真地问她，每个周末您都是这么忙，难道您就不烦？母亲轻松地笑了，母亲说，烦什么？别人到我家里来，那可是看得起咱们啊。人生一辈子，不就是图个热闹吗？弄得冷冷清清的，又有什么好！我不再说话，只是静静体味着母亲这句话的意思。过去我常认为，人生的意义是体现在显赫的位置和辉煌的成就上的，看着一脸微笑的母亲，我突然悟到：那些平凡过着生活的人，那些以微笑演绎生命规律的人，也许更能昭示出人生的价值。

母亲不仅对乡亲是这样，对我们所带来的年青朋友们也一样的热情。母亲像对自己的儿女般欢迎着他们。有一段时间，我和哥都把自己的朋友带来了，家里简直就变成了一个娱乐中心，唱歌的，跳舞的，打牌的，什么都有。

母亲就笑呵呵地在厨房里忙碌着，有几个朋友去帮忙，母亲就跟他们聊人生，聊快乐，说得几个朋友都肃然起敬，那模样就像是学生在仔细聆听老师讲课一样。后来几个朋友还专程来拜访母亲，说在母亲这里一天学到的，比他们读书十年所学到的还多。这当然有些夸张，但他们对母亲的尊敬，却是由衷的和真挚的。

吃了晚饭后，朋友们觉得不好意思再打扰，要离去。母亲就会一个一个地挽留，直到你死心塌地留下来，母亲才轻轻放下握住你的手。我记得，那时母亲脸上堆满了舒展的笑容，连声音也特别的洪亮。在这种慈母般的关怀下，我们这些年轻的朋友们觉得很有面子，住了两三天，有几个甚至不想走了。

值得一提的是，其中有一个刚失去母亲的女孩索性便认了母亲做干妈，母亲自然是万分高兴，她不嫌她的儿女们多，她只是怕她对儿女们的爱不够深。

母亲便是这样的人。她的一生没有大风大浪，也没有多大的精彩。她只是一个默默用欢笑洗灌岁月的凡人，然而就在这日复一日里，母亲却用着她独立的人格，为我们编织着世界上一块最坚实的土地，也正是因为站在这块土地上，我们才有了今天向着高峰攀登的台阶啊。

而现在，我们都有了工作，有了自己的事业。母亲依然是村里最热情、最善良的女性。有时，我们也会接母亲来小住两天，但在热闹里待惯的她总是嫌我们这里太清静。母亲说着这话的时候，总是一脸的微笑，就算在委婉地批评我们时，母亲也惯用这样的表情。有几次母亲听我们非议单位的领导和同事时，便会说："孩子啊，做人可不能这样啊！"我说："现在都什么年代了，一味的忍让只会让别人觉得你好欺侮，老实人吃亏。"她说："人嘛，活一辈子不就是图个快乐么，只要心里踏实了，吃点亏也没什么的。"话还是以前的老话，只是在母亲面前，我们都没有反驳的勇气。

其实对我们来说，最大的幸福，莫过于能得到父母的真情，那种幸福是世上最美丽也是最永恒的。

由于工作的关系，我远在异地，但母亲的那番话给我留下了刻骨铭心的印象。我常常也会思索她的话，也试图努力向母亲靠齐，但是我知道，我是永远达不到母亲那个高度的。

没有爱的春天会天黑

胡慧

姐姐说："顺子，恭喜你打赢了官司，可是，没有爱的春天会天黑，你知道吗……"

1

拿到判决结果的那一刻，我终于忍不住热泪盈眶。经历了这场六个月的官司，虽然我拿到了属于自己的那十万元，可是我还能快乐吗？没有了母亲，姐姐也远离我而去，偌大的一个家，只剩下孤零零的一个人。我忽然想，我到底是赢了还是彻彻底底地输了？

有敲门声，是姐夫余左平，想都不用想，他是来拿东西的。细风中，他冷若冰霜："邹小顺，把我的东西还给我。"我转身把电动车的钥匙给他，我嚷："你再看看，还有什么，我不想再欠你什么。"余左平却说："邹小顺，有些东西你一辈子都还不清，保重。"然后在我愤怒的眼光中扬长而去。

我从小就恨他。什么东西他都跟我抢，十岁，他跟我抢座位，十二岁，他跟我抢班长的位置，二十岁，他又跟我抢姐姐，而如今他甚至还想霸占那属于我的十万元。

对于他和姐姐的婚事，我是家里反应最激烈的。这个卑鄙又没读过多少书的小男人，有什么资格说能给姐姐一生的幸福。我哭过，闹过，甚至自杀过，但姐姐还是毫不犹豫地跟他而去。

每次姐姐回来，试图和我说话，我总是把冷漠地转过身去或者在她的叹息中慌不择路地逃走，其实我是盼望她能追来，但她没有，我的泪忍不住再次夺眶而出："姐姐，你终究是选择了不要我。"

那个黑色的春天，我把姐姐和姐夫都告上了法庭。

2

事情的缘由很简单。姐姐结婚后想去承包一个茶馆，但缺少资金。母亲把家里值钱的东西都抵押了，还差十万。母亲只好来找我，她拉着我的手说："顺子，我知道你这些年做生意，赚了不少钱，这样吧，你就当是妈向你借的。你姐也辛苦，多替她担当一点。"

其实，余左平之前是来找过我的，我没理他，但我不能不理母亲，最后一咬牙，借了十万。后来，姐姐也送了张借条过来。

再后来，我就恋爱了，那是我的第一次恋爱，我爱得如痴如醉。男友是个货车司机，其实我倒不挑剔他是做什么的，只要对我好，我就心满意足了。母亲却对我们的相恋持反对意见，她苦口婆心："顺子，你知道对方的底细吗？就这样把什么都给他了。将来你会后悔不及的。"

也许是恋爱中的女子都是白痴，我表面上答应母亲和他尽量减少往来，但实质是，我把东西搬过去和他同居了。

他说，想回家去看看母亲，我二话不说给了他五百，他说他这个月跑的业务少，还亏了，我又给了他一千，让他去还别人的账。直到三个月后，我才知道：他在赌。

在大家的反对声中，我们的爱已经是风雨飘摇了，何况他还在赌，我不禁想，这样的爱情还有未来么？

我没脸告诉别人，那段时间，我唯有终日以泪洗面。他一再向我保证，他会戒赌，他甚至跪下请求我的宽恕。他还说："顺子，我不开车了，我想去开个服装店，天天有事做了，又有你监督，我就没时间赌了。"一打听，

至少要十万。当时我已不做生意了，手头根本拿不出那么多资金。男友说："你姐姐不是还欠你的钱么？"

想到他能改邪归正，我心软了。

我去找姐姐，姐姐说："这钱不能给他，他是什么人？一个小混混儿，这样的男人能信么？"我没说话。余左平又说："是啊，听你姐姐的没错，顺子，你太单纯了，连好人与坏人也分不清。"我咬牙说："这是我的选择，我承担一切后果。"

但说破了嘴，姐姐都不肯给，最后我说："你要真不给，那我们就只好法庭上见了。"阳光下，母亲哭得肝肠寸断。

余左平说："顺子，为了一个不值得信任的男人，你要把你姐和我都告上法庭，值吗？"

我说值，为了我那心爱的男人。

3

但男友还是没能等到官司宣判，在我母亲住院的前一天，就悄悄地走了。从此，音讯全无。母亲说，她不怪我。但所有的人都知道，是我把母亲气出病来的。

二十三岁那年春天，母亲走了，我成了大家口诛舌伐的对象。

我忽然想读书了。经过一年的准备，我考上了北京一所大学的研究生。读书的那几年，我没回过家，我也没脸回去。

只是偶尔在梦里想起母亲，她抓着我的手，一脸泪水："孩子，我死不瞑目啊，你一定要回去看看，跟姐姐认错。你和你姐是我的孩子，手心手背都是肉，你叫我如何取舍？"

忽然想起小时候，我总牵着姐姐的手一起走，或者干脆骑在姐姐的背上，姐姐说我就是她的活宝贝，这辈子，她都会保护我，不会让我受任何伤害。

我说，真的吗？姐姐就跟我拉钩。在碧蓝的天空下，我的笑声如驼铃般

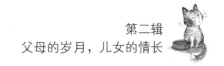
响亮。

想得越多，思家的情结也就越重。研究生毕业后，我顺利得到了去美国留学的指标，一切手续都已经办好，但就出发前的一周，我突然回了家。

先去看母亲，才到山头上，我就听见一个熟悉的声音响起。是余左平，我一辈子都记得这个声音。

他跪在母亲的坟墓前，手里头拿着一张相片。

"妈，我又来看你了，我知道你想顺子了，她一切都好。我去过她学校了，问了她的老师，她要去美国留学了，我打心里为她高兴。但我没脸见她，我又悄悄回来了。

"妈，当年是我不好，我没处理好和她的关系，要不然她就不会告我们，您也不会气出病来……这些年来，我一直都不能原谅自己。"

余左平忽然把头扬了起来，像是和我说话，又像是自言自语："顺子，你知道吗？其实你姐姐最爱的一直是你，有些时候连我都妒忌。你交了那个男朋友后，你姐就去打听，当得知对方是个赌徒，你姐便去和他谈判，结果被毒打了一顿。所以当知道他要借钱时，你姐宁肯被你冤枉也不愿意看你再深陷泥潭……顺子，你可知道你姐的苦么？其实，那笔钱，你姐早已以你的名字存下了……这三年来，你姐姐想你都快想疯了，她天天都在村口等着，日盼夜盼着你能回来。"

余左平说不下去了，我忽然疯狂地朝前跑着，泪洒了一地。余左平说得对，有些东西，我是一辈子都无法偿还的。

村口，一个瘦弱的身影朝公路上张望着。那是我姐么？

我哭着跑到她的身前，她先是怔了一下，然后大叫："顺子，真的是你么？我以为再也见不到你了呢！"

我抱住姐的胳膊使劲哭，我说："是的，姐，我回来了，我再也不走了。"

姐突然把我推开："你不是要去美国留学的么？"我说："我不去了，

就算去了，没了爱，美国的春天都是黑的。"

　　姐拼命点头，细细的春风里，我感觉到浑身暖暖的。我搀扶着姐姐往回走。我又看了山头一眼，我在心里说："妈，你安息吧。我不会再离开姐姐了，这辈子，我都与她相拥相依！"

阿爸的小木船

周国华

水生回到家时，阿爸不在屋，院子里的小木船也不见了。水生急忙去找三婶妈，三婶妈一听也慌了，去问村里人。

牛根告诉他们，他下午帮水生爸把小木船抬到河里。水生爸说，他想去散散心。

荷花浜、网船浜……水生和三婶妈沿着河边浜底找了个遍，就是不见阿爸的踪影。河面刮来一股冷风，水生打了一个寒战，脊背里冒出一股后怕。

去年夏天，水生把阿爸从乡下接到了城里。后来发现阿爸一天天瘦了，便带他去医院做了检查，医生说情况不太好。

也许，阿爸从他焦急的脸上察觉到了什么，天天嚷嚷着要回弯篓浜。实在拗不过，水生只好依了他。

"阿爸，你去哪儿了？"

水生始终闹不明白，阿爸每年都会用桐油把船抹得油光发亮，却一直把船锁在院子里。记忆中，每年春节过后不久，小木船里里外外都会湿一回，问阿爸，他都说是船儿不沾水会开裂。

在一起长大的小孩中，水生是最早下水的。头一回，阿爸把他丢下水，没出几年，水生就成了弯篓浜里的"水鬼大王"。

可不管游到哪里，水生都好像感觉阿爸在远远看着他，一回身，除了岸上青青的庄稼外，啥都没有。

069

水生是有点恨阿爸的。

很小时他就偷偷学会了划船，有回趁阿爸不在，他和小伙伴把家里的小木船拖下水，被阿爸瞧见后，结结实实挨了一通揍。从那以后，水生只能眼巴巴地瞅着别人划船闹腾。

"二阿哥，你在哪儿啊？水生回来啦！"三婶妈越来越着急了，高一声低一声地喊着。

河面静悄悄的，不见船的踪影，也不见阿爸的影子。

突然，艳阳高照的天空乌云密布。竹林、树木纷纷弯腰发出"哗哗"尖响。

风！一场可怕的大风毫无预兆地袭来！

"啊，对了，老和尚过江！快去那边！"三婶妈惊叫起来。

二十、廿一，老和尚过江。对，今天应该是二月二十！尽管气候变暖，可这时节刮大风的规律还是准得出奇！水生大惊。

来不及多问，水生紧紧跟在三婶妈的后面。跑了五六里地，两人在古运河边停住。

"船，小木船！"三婶妈惊呼。

水生顺着她指的方向望去，一条小木船在巨浪中时隐时现！湖面一改往日妩媚的面容，张开巨口吞吐着小船。他的阿爸，正挥舞着一支木桨奋力劈打水面。

阵阵"小翠、小翠"的呼喊声远远传来，水生知道，那是姆妈的名字。很奇怪，这个声音那么熟悉，冥冥中仿佛时常出现在自己生命里，却从来没有像今天这样清晰过。水生的泪水不由自主地掉下来。

"二阿哥，都三十年了，你还没忘记这个日子啊。"三婶妈实在跑不动了，示意水生也坐下来喘口气。

"水生，你阿爸剩下的日子也不多了，我还是将实情告诉你吧。"

水生心头一怔："三婶妈，啥事？"

"其实你不是你阿爸姆妈亲生的。"

水生急道："三婶，您急糊涂了吧？"

望着河面，三婶断断续续地讲了起来。

"三十年前的今天，你阿爸和姆妈去县医院看病。回来的路上，你姆妈捡到一个刚出生不久的孩子，就脱下棉袄将他包了起来，还决定领养他。这个孩子就是你。没想到，回来时遇到了大风大浪，船翻了，你阿爸为了你，顾不上你姆妈。结果，她被恶浪卷走了。唉，也是阴历二月二十，也是这条船……"

"可三婶妈，我阿爸为啥说姆妈是生病去世的呢？"

"傻孩子，你为啥还不明白呢？他是怕你心里愧疚啊。"三婶妈用手背不停地抹着眼泪。

水生眼一黑，扑通一声跪下去，含泪注视着阿爸的方向。

天地间混沌一片，小木船随着翻腾的巨浪起伏。阿爸的怒吼声盖过了狂啸的风声，声声刺入水生的心里。

"老天，我不服！你抢走了这个世界上最心善的人！你欺软怕硬……"

"姆妈！我的姆妈！"水生呜呜哭泣。

"水生是个好囝，不是祸星，不是！你夺不走他，夺不走！有啥冲老子来，来吧！你敢吗……"

水生捂住双眼，任喷涌的泪水顺着指缝汩汩流出。

当水生再次抬头时，河面不见了阿爸和小木船的影子。水生撕心裂肺地狂喊："阿爸——"

突然，阿爸熟悉的责怪声从不远处冒了出来："阿爸只是出来动动筋骨，你喊个啥呀！"

水生低头望去，暮色中，阿爸划着小木船已飞快地向弯篓浜方向驶去，转眼成了一个黑点。

爱的进行曲没有休止符

王举芳

下课铃声"丁零零"一响，一位三十多岁的女人从学校门口快速走向二楼二年级2班的教室，背起一个男孩飞快奔向厕所。每节课都是如此，直到下午最后一节课放学回家。

她是他的妈妈，他是她十岁的儿子。

十多年前，婚后不久的她怀孕了，她和爱人是那么欢喜。去做产检，医生告诉她说怀的是双胞胎，夫妻俩高兴极了。还未到预产期，两个孩子就争着来到了世上。是一对龙凤胎，他是哥哥，还有一个双胞胎妹妹。他出生时仅有二斤八两，由于窒息，脑部缺氧且小脑有积水，医生说可能会有后遗症。她默默地祈祷上苍，让她的儿子健康成长。但上天并没有给她眷顾，儿子四个月大时就被诊断为脑瘫儿。

为了更好地照顾儿子，与爱人商量后，她辞职在家一心照顾孩子。八个月大了，女儿已经会自己坐起来，而儿子，坐着就倒；一岁多了，女儿已经会自己走路了，儿子基本不会走路；女儿已牙牙学语，儿子一直沉默着，不肯吐露半声。她望着儿子，多希望听儿子叫一声"妈妈"呀，哪怕只有一声，就可以安慰她悲凉的心。这一次，上苍没有负她，儿子三岁时，终于会说话了，那一刻，她像吃了蜜糖般，觉得整个世界都是香甜的。

幸运的是儿子的智力正常，只是肢体不协调，坐不住也走不了路。她多方打听，人说有一家儿童医院可以为儿子做康复训练。从此，每天天不亮，她就带着儿子赶公交车去儿童医院做康复训练，推拿，针灸，按摩，一做就是一整天。

日复一日，年复一年，无论刮风下雨，还是天寒地冻，她都坚持带孩子去做康复训练，她坚信总有一天，儿子会好起来。

儿子五岁那年接受了手术治疗，加上多年的康复训练，七岁半时，终于能够一个人坐稳了。看着端坐在沙发上的儿子，她喜极而泣。

儿子能坐了，她想送儿子去上学。家人担心儿子适应不了学校的生活，因为他没有上过一天学前班。她说不怕这个，我陪他去上课。

初进集体生活，儿子显得特别紧张，胆小，每隔十分钟就要上一次厕所，她陪在教室里，和儿子一起上课，以便随时背他去厕所。

花开花落，日升月明，儿子渐渐习惯了课堂生活，不再那么频繁地去厕所了，她就不再在教室里待着了，但每个课间，她都要从校门口返回教室，帮儿子上厕所，然后再回到学校门口等着。人少的时候，她会双手扶着儿子练习走，人多的时候，她就背着儿子。

上午第二节课后是大课间，帮儿子上完厕所，她会陪着儿子站在走廊看楼下操场学生们做操。随着广播体操的音乐声，儿子会跟着一起做，她站在儿子身后，随时保护儿子。

有人问她：每天为儿子这么操劳，累吗？她说没觉得累，看着儿子每天一点点进步，欢喜就装满了心怀。

融入集体生活的儿子性格变得开朗了，笑容也多了，会在她背他的时候说："妈妈，尽量扶着我走，我越来越重，不想让妈妈受更多的累。"她笑了，笑得那样芬芳甘美。

她说她现在是儿子的拐杖，但她相信儿子一定会好起来，她会一直陪着儿子走下去，直到他能够自立。

爱的进行曲没有休止符，它把挫折和劫难化成无声的歌，引领我们昂首，阔步，走向生命的新绿。

爱的味道

周礼

　　我的邻居是一位退休老干部，姓李，曾做过某局的局长，熟识后，我叫她李阿姨。李阿姨家庭殷实，有一儿一女，儿子在加拿大工作，女儿在北京一知名医院上班。本来儿女都想把她接到自己身边生活，可李阿姨无法舍弃故土，死活不愿去，儿女拿她没有办法，只好一年回来看她一次。

　　没事时李阿姨常来我们家串门，说说话，顺便给我们拿些她做的萝卜干儿。

　　每年一入秋，李阿姨就忙活起来了。她先是去菜市买回一大堆鲜嫩的白萝卜，在家中一个一个地清洗干净，然后切成一小条一小条的。切好的萝卜条必须在阳光下晾晒两三天，而小区里没有空地，也不准随便乱晒东西。于是李阿姨只好气喘吁吁地爬上楼顶，在上面铺一层塑料纸，将萝卜条儿倒在上面晾晒，等到下午太阳下山后又收回家中。就这样李阿姨不厌其烦地跑上跑下，直至萝卜条儿成卷曲状方才罢休。由于李阿姨患有颈腰椎病，上楼下楼都十分不便，我们住在三楼，而楼顶相当于九楼，每次看她艰难地攀爬楼梯，我总是感到十分不解，以她家的经济条件并不差钱，想吃萝卜干儿可以直接去超市里买现成的，完全用不着如此辛苦地自己腌制。

　　有一次李阿姨来我们家玩，我终于忍不住问她："您的儿女都很有出息，您又有不菲的退休金，干吗要这样麻烦自己腌制萝卜干儿呢？况且你一个人也吃不了多少啊。"李阿姨听后笑着："你不知道，我儿子和女儿从小就爱吃我做的萝卜干儿，市场上卖的他们吃不惯，每年他们回家来看我，都要装

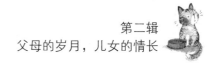

打一包带走。只要孩子们吃着喜欢、高兴，我这一点儿辛苦又算得了什么呢！"说这话时，李阿姨一脸的幸福和自豪。听了李阿姨的回答，我的心里不禁一颤，由此想起了我的母亲。

我的母亲每年也要做一大坛萝卜干儿。小时候，因为家境贫寒，买不起蔬菜，更买不起炒菜用的油，于是母亲做的萝卜干儿便成了我们一日三餐的下饭菜。中学时，我在学校住宿，生活条件很差，每月放假回家，返校时，母亲总要让我带上一罐萝卜干儿炒肉，肚里没有油水时，就拿出来解解馋。工作后，我离开了家乡，但仍然喜欢吃母亲做的萝卜干儿，每次母亲进城，我都要让她给我带一些。母亲看着我吃得津津有味的样子，她的脸上也洋溢着像李阿姨那样的幸福与自豪。

以前我喜欢吃母亲做的萝卜干儿，仅仅是因为萝卜干儿的味道鲜美，而现在我喜欢吃母亲做的萝卜干儿，却是因为母亲在洗菜、切菜、晾晒、腌盐、揉搓、搅拌、装坛时都倾注了她浓浓的爱。其实，我和李阿姨的儿女一样都不光是喜欢萝卜干儿的味道，更是喜欢母爱的味道。

背楼的父亲

侯拥华

　　装修新房，联系好了建材。但货物送到的时候，太阳已经高高挂在了头顶。拉货的师傅在楼下向我招手，我怒气冲冲往楼下赶。我冲他发火，他赔着笑脸解释，风大，货不好拉，走得慢。

　　我余怒未消，吵着说下午还有事要出去，这么晚，让我下午怎么做别的事情。

　　他并不生气，一面带笑给我配货单让我验货，一面应承，马上找人背上楼。

　　他开始打电话，一个个电话打出去，很快，我发现他刚才还堆笑的脸，渐渐转为不悦和失落。

　　"什么？忙……来不了？""……你也有活儿，在做？……那，那，算了……"

　　电话打完了，他垂头丧气。

　　我失望极了，摆手让他离去。他忽然精神振作起来："别怕，我背！"

　　你行吗？我用怀疑的目光上下打量他，他脸色白净，头发乌黑利落，一米八的身高，着一身整洁的笔挺西装，不像是能做粗活儿的人呀。

　　可是无奈，对照着验货单我一样一样查验货物，又商量好背楼的价钱。满满一车的货物，堆得像座小山，他一脸喜悦，在我狐疑的目光中，他搬卸货物，开始背楼。在他离开的间隙，我偷偷尝试一下他所背货物的分量，放在肩头，走上两步，然后龇牙咧嘴地放下，再轻轻揉揉肩膀。

　　在我看来，他怎么看都不像是专业的背楼工人。果然，来回背了几趟货物后，他站在楼道里背靠着墙大口喘气，胸脯一起一落的像个大风箱，额头的汗淋淋漓漓淌下来，在弯腰的瞬间，将楼道的地面滴滴答答打湿一片。

　　四月的天，已经热起来。他跑上跑下，很快湿透衣衫，连头都冒着热气，极像一个揭开盖子的大蒸锅。

　　不久，他上来喘气休息，不好意思起来，说等背完还要一些时间，让我先回去吃饭，他搬完了给我打电话。

　　看他真诚的样子，我就下楼走了。

　　小区外面不远处就有一家小饭馆，我走进去，坐下来要了啤酒小菜慢慢吃起来，大约一个小时才离去。回去时走到楼梯口又遇见了他。此时，他早已累得不像样子，一米八的身子驼成了矮子，满脸汗渍，横七竖八地画在脸上，上起楼来东摇西晃，像散了架的推货车。我伸手帮他，他摆手让我上楼等。

　　我看着他有些心痛，为了背楼他已经干了一个多小时，至今还饿着肚子。在他上楼将货物背进屋子里的时候，我劝他休息一下。他依旧斜靠墙大口喘气，随手拉下脖子上的已经黑了的白毛巾，轻轻抹去脸上的热汗。

　　我和他搭讪。师傅，生意好吗？他说，还可以。我说你拉货还背楼？他说，是，现在谁家拉货不背楼，也算是顺道的生意，一并做了。我说，师傅，你今年四十几了？他忽然一惊，说，哪呀，五十多了。我说，不像，真不像。他笑了，说别不信，我孩子都上大学了。他忽然开始感慨起来，要不是为了孩子，谁会做这苦力活儿？他和妻子原来在市里一家机械厂工作，坐了三十多年的办公室，没想到要退了却下岗了。这不，孩子上大学不干行吗？

　　那天，他干干停停，直到下午两点方才干完。走时我多给他十元，他坚决不收。他下楼，我送他，眼眶湿漉漉的。

　　他走后，我开始收拾东西准备下去，忽然发现他遗落在窗台上的手机，跑下来叫他，已经望不见他了。我开始用他的手机和他的亲人联系，拨出去，

才知道电话停机了。

莫非，中午他打电话的那一幕，只是一场表演给我看的戏？

果然，在通话记录中，我看到，他最近一次通话时间定格在 20:32。

我笑笑，又摇头，满腹酸涩。我忽然间想起了自己的父亲——我上学的时候，父亲，和他一样地拼命。

第三辑
点一盏爱的心灯

当所有人都在为你的成功喝彩，只有母亲，才会关心你累不累，痛不痛。

不褪色的证据

沈岳明

隔老远，阿里就看到父亲进了院子。阿里知道父亲下班了，于是赶紧给父亲开门，并将一杯水端到了父亲面前："爸爸，您辛苦了，喝杯水吧！"

父亲冷冷地看了阿里一眼，说："谁让你给我端水了？作业做完了吗？"

阿里说："早做完了。"父亲一把接过阿里的水杯，猛地将水倒进了洗手间，然后重新倒了一杯，边喝边问："那么，你就不会给妈妈分担些家务？"

阿里回答："家务全做完了，饭也做好了！"

"嗯！"父亲似乎比较满意，但依然板着脸，"将你的试卷拿来我看看！"阿里赶紧拿来试卷，双手递给父亲。试卷上是满分。看来，父亲实在挑不出儿子的毛病了！

突然，父亲像是想起了什么，说："那你就做二十个俯卧撑吧！"阿里说："爸爸，我今天已经做了二十个！"父亲说："那就再做二十个！"

阿里哀求道："爸爸，您就让我陪您坐坐好吗？您每天这么忙，好长时间不回家，我想跟您说说话！"父亲说："你还是先去做二十个俯卧撑吧！"

阿里终于哭着跑开了，他不是害怕做俯卧撑，他是受不了父亲对他的态度。阿里哭着对母亲说："妈妈，我肯定不是爸爸的儿子，对吗？"阿里的母亲心疼地摸着阿里的头，说："儿子，你怎么能这么想呢？"阿里哭得更凶了，说："我觉得爸爸根本就不爱我！"

母亲说："孩子，爸爸一直都是爱你的，只是现在你还小，体会不到爸

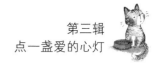

爸的爱，等你长大些就知道了！还有，以后不准这样说你爸爸！"阿里觉得自己已经不小了，他都十二岁了，已经是一个小男子汉了！他不明白，为什么母亲也要替父亲说话。之后，他确实没再说过"爸爸不爱我"这样的话，但他却将这句话装进了心里。

从此，阿里再也不给爸爸开门、端水，更不跟爸爸讲话了。他甚至连看都不想看爸爸一眼，反正他在家的日子也不多，就是偶尔回家，他也要刻意躲着父亲。他觉得，如果爸爸永远不回家，他也不会想他的！

可是，令他奇怪的是，父亲竟然也不理他。只要父亲看不到他，他就不会问他有没有做作业，问他要试卷，更不会要求他做家务，或者做俯卧撑。他对父亲慢慢地从恨，变成了漠视。

转眼，阿里十八岁了。一天，父亲突然兴致勃勃地对他说："阿里，今天我想带你去游乐场或者动物园，好吗？"阿里奇怪地看着父亲，说："您没有搞错吧？我都十八岁了！已经不需要家长领着去游乐场和动物园了！"

父亲说："孩子，可是，我答应过你的，一定要带你去的！"阿里吼道："太晚了！那已经是很多年前的事了，我不明白，您为什么现在才想起来！对不起，我现在没兴趣，也没时间，马上要高考了，请您不要影响我的学习。"

父亲不甘心地说："对不起，孩子，对于你来说，这确实是有点儿晚，但是，我不是个言而无信的人，你母亲知道，我一直很在乎对你的承诺……"

因为过于激动，阿里快要哭出声来了："求您不要再说了，让您的承诺随风去吧，因为您根本就不爱我，我也不想再跟您这个骗子讨论这个问题了！"

一直站在旁边的母亲，深情地看了一眼阿里的父亲，然后转过头来对阿里说："孩子，你爸爸一直都是爱你的，你一定要相信我！"

阿里说："妈妈，您怎么也来替他说话？他根本就不是我的爸爸，他是个骗子！"

母亲说："我没有替他说话，也用不着我替他说话，因为这些证据可以

证明，他是爱你的！"阿里怔住了，他从来没有听说过什么东西，还能为爱证明！

这时，母亲慢慢地将一包东西打开了。那是一包信。

母亲一封封地念着：阿里，我的儿子，今天我又要去执行任务了，我知道，这次很可能再也见不到你和你的母亲了。万一我出事了，我只希望你们能好好地活着……

阿里：我的儿子，今天这次任务比任何一次都可怕，我有预感，这很可能就是我与你和你母亲永别的日子。我只希望，在我走后，你们能够好好地活着。我曾经听说，一个人消失了，对这个人的恨也就会慢慢消失；而爱一个人，在失去他的时候，对这个人的爱并不会消失，反而会痛苦万分。所以，儿子，我宁愿你对我的情感是恨，而不是爱。

母亲继续一封封地念着，可是阿里再也听不下去了。虽然那些信已经褪色，但他却看到了一颗鲜艳的父爱之心！

原来，父亲是一名专门对付恐怖组织的特警。在与恐怖分子的较量中，多次与死神擦肩而过，所以这些信也就没有交给阿里。他跟妻子商量，在他退役之前，不告诉儿子他的真实身份。他之所以对儿子如此冷漠，是希望万一他在执行任务时回不来，儿子才不会太悲伤。今天，父亲退役了，也就是说，他可以自由地向阿里表达他的父爱了。

阿里哭着说："妈妈，您不要再念了。"说完，紧紧地抱住了父亲，说："爸爸，今天您带我去动物园吧！"

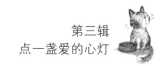

不要戳破别人的童话

李良旭

　　回家时，在楼下碰到邻居王嫂，王嫂见到我，兴奋地告诉我说，她女儿这次在班上考了第四十三名，老师不仅表扬了她女儿，还表扬了她，说她辅导女儿辛苦啦！"我听了，心里别提有多高兴啊，我女儿越来越有进步了，她真聪明，将来我还要享女儿的福呢！"王嫂越说越激动，眼角还流出了泪水。我听了，不禁哑然失笑。

　　回到家，我抑制不住地对母亲说道，她女儿是个愚型儿，十二岁了，才上小学二年级，考了全班倒数第二名，就把她高兴成那样子，还说将来要享她女儿的福，这怎么可能？她女儿不拖垮她一辈子才怪呢。我边说边嬉笑着，脸上满是轻蔑和揶揄的神色。

　　母亲听了，脸一下子拉了下来，说道："不要戳破别人的童话！"

　　我听了，一愣，问道："什么不要戳破别人的童话？"

　　母亲语重心长地说道：我们每个人心中都有一个美丽的童话，正是有了这一个个美丽的童话，才有了我们继续生活下去的力量和勇气。在王嫂的心里，女儿虽然是个愚型儿，但是女儿一点一滴的变化，都是最美丽的童话，这个美丽的童话，支撑起她整个人生。听了她那美丽的童话，我们只能深怀感动，并充满敬畏。"

　　母亲的一席话，让我收敛了笑容，心里仿佛被什么东西重重击打了一下。怎么？我们心里都有一个美丽的童话？

母亲接着说道："其实，我心里也有一个美丽的童话，一直没有说出来，每每想到那个美丽的童话，我心里就溢满了幸福和甜蜜。"

我听了一愣，望着满头银丝的母亲，心里充满了困惑，母亲这么大岁数了，心里面怎么也有一个美丽的童话？

母亲用慈祥的目光望着我，她喃喃地说道："孩子，你都三十二岁了，可还没有成家，我盼望着能早点抱上小孙子啊！那一幕情景在我心里描摹了一遍又一遍，每想一次，我心里就多了一份幸福和快乐。我抱着小孙子，给他讲《卖火柴的小女孩》《白雪公主和七个小矮人》《安徒生童话故事》……小孙子依偎着我，静静地听着，小脸蛋上露出甜甜的笑容。那一幕情景，该是多么温馨和甜蜜啊！"母亲说着，眼睛里闪烁着晶莹的泪花。

我听了，心里一阵愧疚，望着母亲愈加苍老的容颜，我想对母亲说，我到现在连女朋友都没有，您到哪儿抱小孙子？但是，这句话我终究没有说出口，我怕一说出口，就戳破了母亲那美丽的童话。就让这美丽的童话，在母亲心里绽放出玫瑰般的色彩吧，晶莹剔透，冰清玉洁。

母亲忽然问道："孩子，你心里也有一个美丽的童话吗？"

我听了，心里溢满了丝丝柔软，目光中闪现出一缕憧憬。我说："我不知道这是不是您所说的那个美丽的童话。我常常在梦里都想着这件事，那就是我到贫困的边远山区去，去当了一名小学老师，给孩子教书。孩子学到了许多的知识和文化，他们常常簇拥着我，孩子们的眸子里闪烁着无限渴望和憧憬的神色。在那里，我还结识了一个美丽的姑娘，姑娘就像是美丽的山茶花，散发出醉人的芬芳。当晨光微曦，我们开始迎接着一个个小学生到来；当夕阳西下，我们又送走一个个孩子。我们身上沐浴着金色的阳光，那阳光，闪烁着璀璨的光芒，像披上了一双金色的羽毛，熠熠生辉……"

母亲听了，高兴地说道："孩子，那就是你心中美丽的童话，那个美丽的童话，也支撑着你的人生，从而使你的人生有了一种别样的灿烂和美好。"

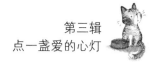

　　听母亲这么一说，我顿时感到眼前一片明媚。原来，在我内心里，也一直有一个美丽的童话，这个美丽的童话如影随形，给了我一种信心和力量。

　　母亲说得真好，我们每个人心中都有一个美丽的童话，尽管有的童话显得很卑微、很渺小，但它是开在每个人心中最柔软的花蕊。不要戳破别人的童话，这也是一种文明和尊严，就让那些美丽的童话在我们每个人的心中尽情地婆娑、摇曳，从而使我们的人生多了一份妖娆和明媚。

沉默的梧桐树

王举芳

他站在那棵梧桐树下，温煦的阳光透过树叶的缝隙照在他头上、身上，暖暖的，像父亲的抚摸。想到父亲，他的心一阵阵地疼。他靠在梧桐树上，无声地抽噎起来。带着凉意的风拂过，树叶有时疏，有时密，阳光随着树叶摇曳，有时有，有时无，像父亲的手，有时近，有时远。

这棵梧桐树是父亲生前栽下的。母亲走过来对他说，孩子，别难过，你爹没走，他变成了这棵树，还替我们娘俩遮风挡雨哩。母亲说着，手扶着梧桐树，泪水顺着双腮滑落。

是啊，父亲还在，只是化身成了梧桐树，换了另一种方式存在。

父亲是个聋哑人，天生的。快四十岁的时候才娶了体弱多病的母亲。上天眷顾，出生健康的他让清贫的家多了幸福和快乐。那年上幼儿园，父亲去送他，小朋友都嘲笑他，说他是哑巴的儿子，都不跟他玩，那一刻，他小小的心房第一次有了刺痛的感觉。以后，他再也不让父亲送他上幼儿园。

他上小学的那一年春天，父亲不知从哪里淘换来一棵梧桐树苗，栽在院子外，指指他，又指指树苗，母亲对他说，你爸爸是想你像小树一样健壮成长。父亲很爱护小树，经常抚摸小树，用眼神和小树说话。而他，躲得父亲远远的，才不让他抚摸自己。

初中毕业后他没考上高中，便一个人去城里打工了。漂泊，流浪，偶尔会给母亲打个电话。母亲说，儿啊，你回来看看吧，梧桐树长高了，长粗了，

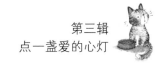

树梢超过屋檐了呢。他"嗯"一声，依旧不回家。

八年后的冬天，母亲打电话说父亲病重，怕是熬不了几天了。他的心一颤：我居然是个有父亲的人啊。这么多年，父亲在他的世界里仿佛不存在一样。处理完手头的事急忙往家赶，赶到家，屋里已不见父亲的身影，空荡荡的屋子里，只有憔悴的母亲。母亲望着他，没有说话，深深地叹了一口气，眼泪溢满了眼眶。一刹那，他竟有塌天之恍然。他禁不住靠在母亲身上放声大哭。

母亲说，人都死了，哭不回来了。你长大了，以后你要好好做人，知道吗？他点点头。母亲又说，要是你爸不帮你还债，累死累活地干活，不会走得那么快。他一惊。母亲擦擦眼泪继续说，你眼里没有你爸，你爸心里时刻都装着你，他把你看成他的命一样。你在外面打工，他一直悄悄跟着你，你到哪座城，他就去哪座城。你染上了赌博，欠了赌债还不上，看着那些人打你，你爸心疼啊。他偷偷去找那些人，说他替你还债，要求他们不要告诉你，也别再难为你。他白天当装卸工，夜里帮人守仓库，没白没黑地干，这都是为了啥啊，儿啊，你咋就打小看不起你爸呢？你的赌债还完了，你爸也病倒了。没钱看病，我说给你打电话，他不让，他说你在城里过得苦，不能拖累你……

他的眼泪像断了线的珠子，止不住地往下流。原来，父亲是那个一直替他撑着天却不让他知道的人。他扑通一下跪在父亲的遗像前，捶胸顿足，爸，我这儿子真该死啊……母亲说，你知道就好，以后心里要想着你父亲，他泉下有知，不会怪你的。

梧桐树已长得很高大，隔着墙就能看见它伟岸的身姿。他说想把院墙拆掉，把梧桐树圈进院子里，母亲同意了。

梧桐树默默无语，春天时抽枝展叶；夏天时浓荫蔽日；秋天时梧叶变黄；初冬时风起，硕大的树叶随风晃动。

母亲常和他一起看梧桐树，母亲说，你爸就像这棵树，不说话，但他时时在瞧着家啊。

他点点头，是啊，父亲没有远离，父亲化身成了梧桐树，只是换了另一种方式存在。

第二次洗涤

侯拥华

她和继母之间有着很深的隔阂，她总以为，继母就是继母，永远也不会像她的亲生母亲那样待她。

还记得小时候，母亲总是亲自帮她脱掉衣服，然后把她的小衣服浸泡在满是泡沫的水盆里，反复地搓洗，洗净后，再挂在阳光下晾晒。当她再次穿上的时候，总能嗅到一股淡淡的芳香，那香味常常让她感到莫名的眩晕——那是幸福的眩晕，是品尝母爱后甜美的、知足的滋味。

可是，七岁那年，母亲死了。自从母亲死后，继母来了，许多事情一下子就变得陌生起来。譬如，吃饭要自己盛，衣服要自己穿，脏衣服要自己洗，就连空闲时间也不许出去玩，还要在家帮助继母做家务……做这些事情的时候，继母总是拿出一副假惺惺的关爱的样子，说，学会了，长大不吃亏。可是，她从没感觉到来自继母一丝真心的关爱，与日俱增的，却是对继母的无奈与憎恶。

有时候，父亲看着她用冻得红彤彤的小手吃力地搓洗衣服，会心疼地对继母说："她年龄还小，你替她洗了吧。"这时，继母会把眼睛一瞪，生气地说："年龄还小……不小了，今年都八岁了。我八岁那年，早学会干家务了。早学会自立，早成材。这也是对她好！"父亲听后，默不作声，摇摇头走开了，任凭继母对她百般"指教"。

在继母的"调教"下，她早早就学会了洗衣，做饭，种菜……就连学习

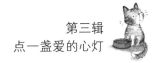

也是出类拔萃的。常有大人见了，夸她能干，小小年纪，就能把饭菜做得喷香可口，衣服洗得干净清爽。可她从来没有打心眼里感激过她。她总以为继母这样做，是为了帮她自己减少负担。

转眼间，继母来到他们家已经六年了。她也从一个不懂事哭鼻子的小女孩长成了亭亭玉立的大姑娘。初三那年，她从学校回家，告诉继母，要考学，学习紧张，学校要求学生统一住校。继母哼了一声，随即开始给她准备住校用的铺盖。

学习太过紧张，她常常忙得晕头转向，所以，不得不把脏衣服都带回家洗。每次回家，她都要装满一大包的脏衣服。满以为继母会体谅她，帮她洗。可她错了，她带回去的衣服，继母连看都不看一眼就给她扔到水池边了。所以，她只好一如从前，自己洗。

每次周末回去，她做的第一件事情总是匆匆忙忙地洗脏衣服，然后去写没完没了的作业，走的时候，再带一些干净的衣服上学去。每次看到继母看着她忙碌而无动于衷的样子，她就一肚子气，把牙齿咬得咯嘣咯嘣响。终有一次，她憋在心中的不满和怒火爆发了。当继母再次将她的衣服扔到水池边的时候，她气愤地冲上去，一把拦住继母，和她大吵起来。委屈的泪水顺着她的脸颊淌下来，而继母冷着脸，愤然而去。她和继母之间的关系彻底僵了，冷至冰点——之后见面，不是吵闹就是冷战。

那年冬天的一个周一，因为忘了带周末写的作业，她匆匆忙忙赶回家去取。

深冬的早晨，冷风呼呼地刮着。她骑着车一路狂奔，拼命地用双脚蹬，企图靠剧烈活动来抵御这逼人的严寒，可是到家后，手脚已经冻得像个木头。一下车，她连站都没站稳就摔倒了。

一爬起来，她就推开院门急切地往里冲。

刚迈两步，她忽然呆住了。站在院中，她惊讶地看到，继母静静地坐在水池边，弯下腰，正面容安详地专心洗衣服。冷风将她的脸吹得通红，还不

时撩起她额前的头发。而远处，晾绳上，挂满了花花绿绿色泽艳丽的湿衣服——那全是她的，还是她周日刚洗过的。

她一脸疑惑地望着继母，而继母，却像一个做了错事的孩子，手足无措，惊慌不已。

后来，她终于明白——那是继母一直隐藏着的，习惯性的"第二次洗涤"。其实，现在她洗的衣服已经很干净了，可是，继母却还情不自禁地保持着她"第二次洗涤"的习惯。

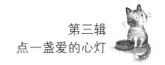

点一盏爱的心灯

王风英

　　无论这个世界如何变化,总会有一个地方,点一盏爱的心灯,等你回家……

　　儿子刚开始上中学时, 有了夜读。从那时起, 每天晚上10点钟, 我都会在楼下的大门口等儿子回家。儿子说:"妈,以后别再等我了,一路上灯火通明,我会安全到家的。" 我没有听儿子的话, 每天一如既往地等儿子回家。

　　一次,儿子回来后连个招呼都不打便独自上楼了,我追了上去,问儿子怎么了。儿子没好气地说:"妈,以后别再等我了好不好?这让同学们看到了多没面子!" 原来儿子是在厌烦我, 他怕在同学们中丢了面子。可我仍然很固执, 因为若干年前, 有人就是这样一直在等我回家。

　　那一年, 我刚参加工作, 由于工作需要, 有时必须上夜班, 而每次上夜班回家的路上, 要经过一条又黑又长的胡同, 我生性胆小, 母亲便每天晚上,都准时地出现在胡同口等我。一次父亲出差, 母亲的脚不小心扭伤了, 我便对母亲说:"妈,您晚上早点休息吧!不用再到胡同口等我了,我不会害怕的。"

　　结果, 那天晚上下班时, 我一边在心里默默地祈祷着:"我很勇敢, 我不害怕,我很勇敢,我不害怕……"一边心里开始发毛,那些鬼灯鬼脸不时在我的幻觉中变幻着……虽然我也知道世上根本就没有什么鬼怪,但我还是很害怕。突然,在我的正前方——胡同的深处,有一盏灯来回游动着。"天啊!莫非我今晚真的遇见了传说中的鬼灯?!"我开始吓得浑身哆嗦起来,一步一步地开始向胡同口退去,我发现,我每退一步,那个鬼灯就往前移动一步……

那晚，我真的吓坏了，出了胡同口我便瘫软在地上了。

不知过了多久，我听到了一个慈祥的声音在轻轻地呼喊着我的乳名，睁开眼，我看到了母亲，她一手拄着拐杖，一手拿着点燃的蜡烛，我哭着扑到了母亲的怀里。原来，母亲怕我胆小，在家门口点燃了一支照明的蜡烛，因为迟迟看不到我的人影，便左顾右盼的，所以蜡烛在母亲的手里便左右摇晃着，而我却错把蜡烛当成了游动的鬼灯。

那时候，母亲就是这样爱我的，如今我也会用这种方式爱我的儿子。那一晚，楼上所有和儿子同学的母亲们，都不约而同地站在大门口等孩子们回家。当孩子们看到母亲们的那一瞬间，他们的眼里闪烁着晶莹的泪花。

那一盏温暖的灯光，就像一条流淌的河，无论我们身在千里万里之外，还是过去十年百年之久，都会给我们以永远的爱与明亮，那是一种召唤，也是一种铭记。不管风雨起落，或是风霜漫漶，那盏灯就在那里，如最暖的星。是的，这个世界上，无论如何变化，总会有一个地方有一盏爱的心灯，在等你回家……

短信

凉月满天

明玉还在念高中，就已经有了恋人。班主任找她谈话，她在心里翻白眼：干你屁事。

有一天她听人讲谁能坚持给自己发短信365天，谁就是最爱自己的那个人。她想，这么简单的事，谁不会做。然后，她就告诉了爸爸、妈妈和恋人。

那是爸爸妈妈离婚后的第一天。第二天就要过年。

他们都满口答应。

爸爸的短信起初天天来。半年后他结婚了——和当初的出轨对象，然后短信就渐渐没有了，连生活费都没有了。

恋人的短信起初天天来，后来渐渐地也不来了，因为他交了新的女朋友，比明玉漂亮，比明玉温柔。

妈妈整天骂她不好好学习，就知道谈恋爱；从来不去学校看望她，每天阴着脸忙忙碌碌。她也每天发一条短信给明玉，有时候干脆就是敷衍了事的一段话，直接从别处复制粘贴，看上去一点都不暖和。

后来，妈妈也再婚了，跟着丈夫搬去了很远的地方。房子也卖了，只给明玉留下一点生活费。走的时候唯一一次去看她，临走狠狠地拥抱了她一下。

妈妈的短信仍旧天天来，人却再也没来过。甚至她读大学，去澳大利亚当交换生，母亲都只简单地和她通了一个电话。爸爸连电话也没有，他又有了新的小孩。

再后来，明玉打过电话去，也是继父接，说："你妈妈正忙着，没空。"她就不再打电话了。

短信倒是一如既往。生活费也一直打到她的账上。她想：屁。谁稀罕。

今年她大学毕业。又是一年除夕。

回想起五年前的那个除夕，物是人非。

这时短信来了，上面一行简单的数字：900517。她想：哎？这不是我生日吗？

接着，电话响起来。是继父的声音：

"明玉，你好，我是你名义上的继父，你妈妈的好朋友。有一件事我想现在告诉你：你妈妈没有再婚，而是得了癌症。为了不让你分心，跑到外地治病。后来因为怕你读大学的费用不够，就不再治疗。你读大二的那年除夕，她去世了，死前委托我记得给你寄生活费，还务必记得每天给你发一条短信。现在，你学业完成，她留给你的银行卡我会快递给你，密码刚才已经发送给你，这算是她给你的最后一条短信。"

明玉怔怔地听着，没有任何反应。

"继父"挂电话前，轻声说："她死前，手里紧紧捏着你小时候的照片。"

异国他乡的除夕夜，明玉坐在房间，泪流满面，手里攥着手机，手机上是 1826 条短信——她一条都没有舍得删。

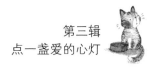

儿子的母亲

周海亮

　　母亲的儿子，他是一位天才。

　　一切都因为刘翔。刘翔的那枚金牌深深刺激了他。他开始喜欢跨栏，迷上跨栏，并且进步神速——这之前，他就多次获得过学校百米赛冠军。

　　整整一个暑假，每天下午，他都会来到学校苦练。他的成绩一天比一天好，很快，学校里，就再也寻不到对手。然而回到家，他满身疲惫地躺倒在沙发上，却再也不想动。母亲唤他吃饭，常常要催上好几次，甚至，有一次，母亲干脆将饭菜端上茶几，让他倚着沙发，用一种半躺的姿势将饭吃完。吃饭时他对母亲说他在学校里已经可以次次拿第一了。母亲听了，笑笑，淡淡的表情，然后，心疼地问他，累吗？他以为母亲没有听清，于是重复一遍，我是说，我在学校里已经没有对手了。母亲再笑笑，关切地盯着他汗流满面的脸，再一次问他，你累吗？

　　几个月以后，他被邀请参加市里的比赛。赛前一个星期，他到离家几百里以外的城市训练，烈日炎炎之下，汗流浃背。训练空隙里，他给母亲打电话。他兴奋地说他的成绩又有了提高，说他的状态非常好；说他认识了一位专业田径队的老教练，那教练对他很感兴趣，甚至可能有将他收入麾下的打算。那边的母亲听了，笑笑，淡淡的语气，然后关切地问他，累吗？他以为母亲没有听清，于是再重复一遍，我是说，我可能进专业田径队啦！母亲说好啊！仍然是淡淡的语气。不久，再一次问他，你累吗？

他撇撇嘴。他认为母亲并不理解跨栏和体育的意义。母亲总是看轻他的成绩，却固执地关心他累或者不累。怎么会不累呢？可是，如果真能进入到专业田径队训练并且比赛，那么他的人生，将会从此涂上浓墨淡彩的一笔吧？他再一次想起刘翔。他认为母亲目光短浅。

一年以后，他如愿以偿地参加了省里的比赛。比赛不但会现场直播，并且，那位对他感兴趣的专业教练也会到场。他知道这场比赛的重要性，他发誓无论如何也要跑出让那位教练满意的成绩；他更知道对一位跨栏运动员来说，自己其实早已过了训练的黄金年龄。他没有告诉母亲电视上会有直播——他认为母亲对跨栏和体育并不感兴趣——他更不想让母亲为他担心。

预赛。半决赛。他的状态出奇地好。

决赛。起跑线上的一双手在颤抖。枪响。他像出膛的子弹。前十米，很顺利。第一个栏，被绊了一下。第二个栏，他的脚再一次钩到了栏架。第三个栏，他调整着自己的步伐，速度提了上来。第四个栏，第五个栏……他一路狂奔，眼睛里只剩下终点。对手一个个被他甩到身后，他的世界，阳光灿烂。

他第一个冲过了终点。

他站上了最高领奖台。

他得到了数不清的鲜花和掌声。

他终于被那个老教练选中。几天以后，他将再一次来到省城，在老教练的调教下，从事更为专业的训练。

那天在梦里，他笑出了声。

第二天黄昏，他回到家。

母亲在等他。

他冲母亲喊，我得了金牌！

母亲笑笑，点点头。我看电视直播了。淡淡的表情。

我成功啦！他继续喊，我是职业运动员啦！几天以后，我会再去省城，

留在那个田径队……

母亲再笑笑。仍然淡淡的表情。坐下吧！她指了指旁边的沙发，说。

然后，母亲单膝跪下，轻轻撸开他的裤管。母亲关切地盯着他瘀青的小腿，心疼地说，知道你比赛时碰掉了两个栏架……还痛吗？

那一刻，母亲的眼睛里，没有跑道，栏架，终点线；没有鲜花，掌声，金牌……她的整个世界，只剩下儿子腿上的一小片瘀青……

——当所有人都在为你的成功喝彩，只有母亲，才会关心你累不累，痛不痛。

父爱的姿态

程应峰

雪花飘过江南已是不易了。因为这场雪，因为这久违的景象，我的心境忽然间就变得愉快起来，随手就拨通了父亲的电话开始和他唠嗑。

我握着话筒，坐在书房，坐在电脑前，感觉中好像谁家有什么喜事儿，或是哪个爱玩耍的孩童，在有一搭没一搭地燃放沾染着一些喜庆的炮仗。那忽远忽近清脆的声响，衬得这城市的雪夜如此安谧宁静。

我说，下雪了，父亲，家里也下雪了吗？你还好吧！

父亲的声音传来缕缕温暖，是啊，明天会很冷的，你最怕冷，要加衣啊！

我说，不冷，明天地上的雪一定很厚吧。

父亲说，应该是这样，这是难得的好事呢！

我抬头看了看窗外，说，明年一定是好年景吧？

父亲顿了顿，过一会儿才听他说，是啊，雪下得很大呢！我知道，他刚才一定开门看雪落的情景去了。

这江南的冬夜，雪花在夜色里轻柔地飘着，一团一团，梦一样地从窗前飘过。城市的夜晚并非一味地喧嚣着，这飘雪的时光，白昼的声浪渐渐隐没在雪花的柔和里，城市笼罩在一种祥和的氛围中。雪在窗外纷纷扬扬地飘着，隐约间我听见雪扑在地上的声音，像是来自大自然的纯粹的音乐，是可以和灵魂共舞的音响；更有如甜蜜的呢喃，情人的私语。而此刻，父亲在电话那头絮叨着，询问着，一缕缕亲情的触须伸进了我灵魂的灶膛，让我品味着感

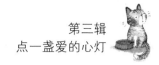

受着雪落时的温暖。

父亲是兴奋的，他言语之间夹杂着舒心的笑声，他的兴奋融合在一句美丽的农谚之中：瑞雪兆丰年。故乡田园的雪，在我的记忆中较之城市的雪更为清灵、纯净。在我的想象中，故园的雪夜在几声狗吠声中显得更为安谧。那雪的原野，银装素裹，在黑夜里发出月色一样的光芒，究竟可以给人带来多少美丽的想象啊。

刹那间，我回到了自己的童年，我止不住要在电话中回味从前有过的情景。那时，不管白天黑夜，只要下雪，我们都会走出门去，踩着松软的雪地走出一行行脚印，然后在雪地上嬉戏，堆雪人，打雪仗，那是一份人生旅途上多么纯粹的快乐啊。成家有孩子后，就少有那份心境了。尽管如此，我最爱给儿子讲的童话故事还是跟雪有关，《白雪公主》《雪狮子》什么的。在我的潜意识中，雪本身就是一种境界。

但那时候，在我的记忆中，即使是飘雪的夜晚，即使天寒地冻，父亲也难得有时间停歇下来，他在外面为生活奔波，常常是裹着风雪很晚才能回家。

我说这些的时候，父亲当然想起了往日的艰辛。但他很平静，说，一切都过去了，因为你们兄弟几个，我眼下过得挺满足。

恰在这时，我瞅见电脑网页上弹出一张动漫贺卡，飘舞的雪花，柔曼的音乐，让人一下子就置身于一种雪水融入土层的氛围之中了。那音乐和雪花融合在一起的画面，传送的是一波连一波的亲情般的信息。

父亲老了，倏忽间就到了白发如雪的年龄，但对于自己的儿女，他的心中总是时时刻刻装着、牵挂着、拥抱着，父爱的姿态是那样轻柔，它原本就是落雪的姿态，亲情的姿态啊。

父亲的第一次

清心

圆西藏梦，一直是我心中最大的期待。今年八月，为去西藏已慢跑两年的我，在网上查了些资料，准备了一些进藏必需品，便准备择日出发了。

由于爱人工作忙，无暇照顾孩子，每次出去，孩子都只能让父亲带着。

母亲去世后，父亲一直一个人住在老房子里，至今已八年。其间，许多人劝他再找个老伴。只是，每当看到我和妹妹一脸不快的样子，这件事他就再没提起。我和爱人曾多次让他搬来同住，他说已习惯了老房子里的一切，不搬了。

母亲在我怀孕三个月时因脑淤血去世。接着，父亲左眼视网膜突然脱落。在同仁医院做了修复手术后，他的视力降到了0.01。因无法正常工作，两个月后办了病退手续。父亲一直高度近视，那个相对好些的右眼，视力也只有0.08而已。

怀孕后期，一直是父亲照顾我的饮食起居。为了安全，他坚持要我步行上下班。晚上，他会煲各种汤给我增加营养。我生产后，父亲更是包揽了所有的家务。每日，他默默地走出走进。做三餐，洗尿布，收拾家，件件处理得有条不紊。休完产假，孩子就完全由父亲带了。一直到上学，我只有晚上才将儿子接回去。

我自小是贪玩的女子，对远方一直有着无尽的向往。因此，几乎每年的寒暑假，我都会外出旅行。与每次相同，我收拾了儿子的换洗衣服及生活用品，

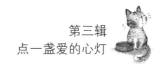

打好包给父亲送去。

院门没关，我径直走了进去。穿过玻璃窗，我看到父亲背对着我，冲着墙上母亲的照片，正一个人喃喃自语。父亲苍老的声音，自打开的窗户凄凉地传出来。"老伴，你在那边过得怎么样啊？不瞒你说，我一个人真是很寂寞啊。女儿整日忙自己的事，连见面都少，即使来了，也是匆匆地来，匆匆地走。外孙倒是常见面，但他年纪太小，终是不能谈心的。"父亲说到后面，语气已夹着哽咽。

他的话，锤子般一记记敲着。声音轻淡，字句却似有利刃，戳得我的心生疼。

接着父亲又说："外孙慢慢长大了。你说，我活着，还有什么用呢？不如，你保佑我，让我早些跟你做伴去。"霎时，泪水如潮，在我的脸上，一滴漫过一滴。

父亲听到声响，一脸惊愕地转过头来。我打开门，飞快地扑到父亲怀中，心里的难过无与伦比。

父亲轻轻拍着我的肩，慌乱地说："我跟你妈瞎说呢，闺女，爸没事。"

父亲九岁时，爷爷病逝，他与奶奶，一直在姑姑家寄居。在姐姐家，他做各种家务，帮姐姐带与他年岁相近的几个孩子。读书时，视力一直不好，家中却无人给他配眼镜。每次上课，他看不清黑板上的字，主要依靠耳朵听。每次考试，老师将试卷抄在黑板上，他只能等老师抄完，才能要过那张唯一的试卷开始做题。而此时，其他的同学差不多已答了一半。父母结婚时，真正是白手起家。生了我和妹妹后，生活过得更加拮据。日子虽穷，在爸妈的精心营造下，家里一直洋溢着欢声笑语。父亲的手很巧。他常给我和妹妹做大风车、风筝之类的玩具。不忙时，他会带我们去花香鸟语中沉醉。在父亲心里，孩子的事就是最大的事，一切都围绕着我和妹妹的需要而行。为了我们的前程，他和母亲，几乎放弃了自己的一切。

我抬起头问："爸，喜欢旅游吗？你最想去什么地方？"

父亲的眼似暗夜中点燃的火柴，倏地亮起，"喜欢啊。很早的时候，我跟你妈就想去杭州看看。只是，那要花一大笔钱，又需要时间，所以一直没舍得去。"

我说："爸，我陪你去杭州好吗？"

父亲的目光瞬间盛满了惊喜，只是它像流星一样，一闪便过去了。

"你不是要去西藏吗？况且，杭州你已经去了好几次了。爸老了，去不去都是一样的。你去玩吧，爸在家给孩子做饭。"父亲的眼神又暗了下去。

"杭州很美，我还想去。尤其是跟爸一起去。孩子的事我来安排，爸放心，一定让他住好吃好，我保证。"我调皮地向爸敬了一个礼。此刻，阳光的手，正暖暖地抚摸着我们。父亲的脸，如夏日的向日葵，正绽放着勃勃生机。

出行那天，父亲整个人像孩子般兴奋。他的脸，似盛开的菊，每条皱纹都溢满了欢天喜地。

到了机场，爸的神采再次飞扬起来，"活到六十多岁，我还是第一次坐飞机。有女儿就是好！"爸冲我竖了竖拇指，满脸的笑容。

顿时，阵阵惭愧在心里如潮翻腾。经常把飞机当作交通工具的我，却从未想过，自己的父亲竟尚未坐过一次飞机。

上了飞机，父亲左右看了看，眼中似有不安地说："女儿，跟爸换下座位吧。"

"爸，飞机在起飞时不准换座位。况且，这样挺好的，为何要换呢？"我不解地问。

"你离窗户那样近，爸怕你不安全。"父亲望着我，满目疼惜。

分发午餐时，父亲说："女儿，咱只要一份吧。飞机上的东西，一定非常贵。"

"爸，我们要两份，这是免费的。"我鼻子一酸，不争气的泪又要涌上来。我将头扭向窗外，天空清澈如水，而伟大的父爱，又何尝不是如此？

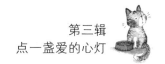

在杭州，父亲似一下子年轻了许多。他东看看，西瞅瞅，浑浊的眼，贪婪地抚摸着杭州的风景。他要我多拍些照片。他说："回去把它们放在你妈的相片下面，让她也看看。如果你妈能来这里，真不知她会高兴成什么样子。唉，她真是个没福的人，跟我受了一辈子苦，竟一天福都不曾享受过。"父亲眼里闪动着点点晶莹，似在叙说他对母亲的思念与温情。

回来时，我带父亲去百货大楼，给他买了一套二千元的报喜鸟西服。父亲执意不买，他一个劲说："太贵了，太贵了，这一件的钱，我都能买二十多件了。一个老头子，穿这么贵的衣服做什么？"我仍坚持买了。父亲不知道，我脚上这双他看起来极普通的鞋，就是一千元买的。我冲父亲张了张嘴，却终究凝噎无语。

离开杭州前，我又带父亲去麦当劳吃汉堡。望着面前花花绿绿的套餐，父亲苍老的脸微红着，整个人看上去有些不知所措。他说："现在的生活真是好啊。你看，这包装，这面包，做得多精致啊，美得让人不舍得吃。这一定很贵吧？"

我望着父亲，轻轻摇着头，"爸，您快吃吧，一点也不贵。"

父亲将汉堡捧在手里，小心地咬了一口，满足地说："好吃！好吃！"

多年来，我似乎第一次，认认真真地端详父亲。我看到他的黑发，已在不知不觉中，被岁月换了银丝。就连胡子，也几乎变成了花白。父亲的手，紫红紫红的，上面爬满了老年斑以及暴突的血管。我突然发现，父亲真的老了。他的手不再有力，他的背不再挺拔，他的心，亦不再如年轻时坚强。他正一天天老成我的孩子，需要照顾，需要安慰，需要关怀，更需要疼爱。

我问爸："您最大的愿望是什么？"爸看着我，满目慈祥地说："这世上，爸最牵心的就是两个女儿。只要你们都平安健康，家庭美满，事业有成，爸比啥都高兴。"爸的话，如丝丝春雨，一滴一滴，润着我的心。

回到家，我坐在桌前，一条条列出父亲尚未做过的事。没有去过故宫，

没有用过手机，没有泡过温泉，没有用过电脑，没有开过汽车，没有住过楼房，没有睡过席梦思……竟然有那么多。

泪一颗颗落在纸上，瞬间洇开了大片。我在心里对爸说：爸，您一定要健健康康地好好活着。以后，女儿要尽自己最大的能力，让您晚年的岁月丰盈生动，让您的人生尽量少些第一次。而我明白，现在首先要做的，就是帮您找个老伴，让您身边，有个可以说话谈心的人。

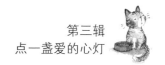

父亲脊背的汗渍

王维新

我出生在关中西部一个小山村，那里自然条件较差，乡亲们收获一点粮食要付出比平原人多几倍的辛劳和汗水。给我印象最深的是父亲脊背的汗渍。

我们的村子位于地势低洼的沟边，耕地却都在山崖巅峰的塬上。农家肥都集聚在村子里，要把粪土送到地里去，唯一的办法就是肩挑。每家有多少个劳力就有多少副挑担。这套工具其实就是一条扁担两个荆条筐子。每到冬闲的时候，往地里挑土肥就成了主要的活路。

鸡叫头遍的时候，队长就打铃了。大人们咳嗽着，挑着筐子，挟着铁锨从各家门户走了出来，到村头的大粪堆前集中，开始往塬上挑土肥。学校放了寒假，我也参加劳动，队长让我给大家发牌子，挑一担土肥发一个牌子，晚上凭牌子到饲养室里记工分。

父亲挑的两个筐子最大，他把土肥装得满满的，还用铁锨拍实，它们就像两座小山。父亲挑得多，跑得快。寒冬腊月，天寒地冻。我站在那里浑身发抖，老爷爷抱来秸秆点着，让我烤火。我却发现父亲满头大汗，头上冒着热气，我特别不能忘记的是他的脊背，那黑色的棉袄已经被汗水湿透了，一大片水印就像老师房间里的地图。

体力活非常累人，从半夜干到早晨，父亲饿了，让我回家拿来一个馍煨在火堆旁烤，馍被烤得金黄，热透了。父亲从地里回来，我拍拍馍上的柴灰，递给他。父亲笑着接过馍掰两半，给我一半。我看见父亲大口大口地吃着，

特别香甜，我被感染了，也吃起来。那时候，我还小，不怎么懂事，但是，我深深知道，粮食来之不易，那是我们的父辈用汗水换来的。

土肥在冬天被送到地里，把它堆成圆锥型，用铁锹拍瓷实，防止肥力扩散，再用周围的土盖住肥堆。开春之后，把土肥散开，就开犁播种了。

转眼到夏收季节，学校放忙假，父亲到地里去割麦子，我跟他去捡麦穗。金黄色的麦浪翻滚着。烈日当头，地上起火，看过去空中好像有一种蓝色的光焰在飘浮。父亲穿着母亲用织布做的布衫，挥舞镰刀在割麦子，只听得"嚓嚓嚓"的声音在有规律地循环着，他两抱就捆成一个大麦捆。在他身后，两行麦捆整体地排列着。父亲的左手揽着麦秆，右手的镰刀飞快地朝麦行里延伸着，脚迈开步子把割倒的麦子揽在一起。父亲的身后是平展展的麦茬。他的脊背被汗水一遍又一遍地打湿了，一遍又一遍地被烈日烤干了，留在脊背的那些白花花的汗渍像盐末绘制的图画。父亲额头的汗珠滴滴答答落在火热的大地上，很快被蒸发了。我走到父亲跟前，掏出手绢擦着弯腰在那里捆麦子的父亲的汗珠。我说："爸爸，您歇一会儿吧。"父亲笑着说："赶着好天气，必须抢收。万一天下起连阴雨，麦子就发霉了。"

我感到自己吃到嘴里的面条和白馒头不是普通的粮食，那是父辈生命透支的见证，我没有理由和资格浪费它。否则，我就对不起终日辛劳的父母。

十四岁那年，我离开故乡，走进县城一家保密单位当学徒。第二年春荒的时候，父亲扛着半口袋小麦来到县城，他要到粮站去给我换粮票。他说："单位吃饭定量，还有40%是杂粮，你正是长身体的时候，我担心你饿肚子，晚上老睡不着。我给你换些粮票，你饿了就到街上的食堂去买碗素面吃吧。"

老家距离县城二十五华里，那时候没有什么交通工具，村里的人到县城来都是步行。父亲扛着这么重的粮食，徒步几十里。望着父亲脊背深深的汗渍，我的眼眶湿润了。父亲，您为了我操碎了心，我何以报答您的养育之恩！

我只有敬畏粮食，不忘父亲脊背的汗渍，珍惜劳动果实，让节俭与我终生相伴。

割麦子的姑娘

王维新

　　巧儿是我小学时期的同班同学。那时候的她，经常穿一件小花布衫，藏青色裤子，方口布鞋。她平时话语不多，上课时听讲特别专注，总是踊跃地举手提问，做起作业来，谁走到她跟前她都不知道。唯一能体现她儿童活泼天性的是：下课后，和女同学们在一起踢毽子、跳麻绳，她们咯咯咯地笑。她扎两个小辫子，头发有些黄，因此，我们给她起外号叫黄毛丫头。

　　就是这个当时不起眼的黄毛丫头，后来却成了我们全班三十六个同学中最有出息的人。她现在是一家上市公司的高管，听说的年薪在我们老家能盖起一栋大楼。她是一个孝顺的女儿，有时间就回到农村老家去看望父母。她拥有最先进的手机和平板电脑，但是，回家以后，她将它们全部装进了包里，除非有电话打过来，她才取出手机接一下，在家从来不玩手机。

　　我感到有些惊奇，就问她为什么这样。她说："我在城里上班的时候，人离父母很远，心贴得很近，总是担心父母有个病有个灾什么的，想起父母为了养育我所付出的艰辛，我常常泪流满面，我夜里老想他们。现在回到家里来了，人和父母离得很近，如果只顾自己玩手机，心就离父母遥远了，我们还回来干什么。"

　　巧儿的父母是地道的农民，看到女儿回来了，笑眯眯的，好高兴啊。他们打量着女儿，看她是不是瘦了，是不是黑了，想着法子给她做好吃的。

　　三夏的时候，巧儿又回到老家，她竟然挽起袖子，提上镰刀到地里去割

麦子。村里的人说，巧儿叫一台收割机，一会儿就把那点麦子割完了，何必受这个烈日炙烤的罪。不是巧儿不叫，是她爹嫌收割机割的麦茬太高，也不干净，不让收割机收割。巧儿说："我虽然割不了多少，但是，我能多割一点，我父母就少受一点罪。"

巧儿是热爱故乡的人，是她出资铺设了村里到镇上的柏油路，四乡八邻的乡亲提起巧儿，总是说"我们的巧儿"，那份亲切，那份自豪，让人羡慕。

巧儿是个乖巧的孩子，每次回到老家，车到村口，她下了车，让司机开着，自己步行进村，见到大婶大伯，亲切地打个招呼，男的递一支香烟，妇女和儿童就给一把水果糖。村上的干部早早就给巧儿的爹娘留下话，巧儿回来了，一定告诉他们，他们要请巧儿吃饭。巧儿的母亲说："巧儿每次回来，就让就给她擀面条，炒韭菜、炒辣椒，其他的饭她不吃。"

你不要以为她现在有钱了，就是一个珠光宝气的女人，恰恰相反。同学聚会的时候，我再一次见到她，我以为她会开宝马车前来，没有想到，她坐公交来了。她没有化妆，没有一件首饰，衣着朴素而大方，那种气质不是用物质所能堆积起来的，在我的眼里，她是最美的女人。我想起一句禅语：人生不是物质的盛宴，而是灵魂的修炼。

我们的聚会，不是情人约会，不是炫耀官职大小，也不是炫耀多么富有，而是畅谈自己的梦想。

我对巧儿说："你不要把我当成你的老同学，现在我的身份是记者，我要采访你，请你谈谈你的梦想。"

巧儿笑着说："我的梦想很多，我希望我的父母健康长寿，希望乡亲们早日富裕起来，希望光棍早日娶上媳妇。希望我们国家富强起来，希望人心向善，天下太平。"

十七岁的那场生意

王国军

那年，我读高二。花一样的年龄。

六月，我们换了班主任，我不喜欢他，他上课时，我看小说。我疯狂地迷上了小说，迷上了班上的一个男生。下课的瞬间，我都会迫不及待地拿起同桌的手机给他发短信，或者骚扰他一下，看着他惊慌失措地四处张望，我大笑连连。我说，我喜欢你，想做你的女友。可电话那头的反应出奇地平静，静得像深冬里的一抹云。

朋友都说我是"傻根"，为了一根草而放弃整个森林。可是我愿意做他的傻根。下课，我在那傻傻地等，只为可以看他一眼。他如风一样飘过来，目光从我脸上滑过，我的心像花一样绽放。

其实，当时我也算学校的风云人物，每天放学想请我吃饭的男生是一大群，只是，我喜欢他，那个淡淡的，像风一样的男子。

那一个漆黑的夜晚，我去找他，却亲眼见他和一个女生手牵着手，亲密无间。看到我打着手电，他惊讶极了，我却被触电一般，转头就跑。他在后面大喊："妹子，至少我们还可以做朋友。"

他不爱我，这是不争的事实。但我并不需要他的同情。我心里忽然有个念头，我要离开这个学校，我要离开他。

很快，我就找到了另一个愿意接收我的学校，我正要去学校，家里却出事了，母亲风尘仆仆地把我找回，说父亲住院了——癌症。

家里本来就不富裕，父亲这一病，就掏空了所有积蓄，还欠下了两万多的外债。该借的都借了，离父亲的医药费还有一大段差距。我决定了，我要用自己的双手来拯救这个家，拯救自己。

同学家有电脑，我想好了，在网上卖鞋子。同学在淘宝上有账号，我用平时积累的零花钱和同学的友情赞助，进了第一批货，不多不少，10双。

进货的地方离家很远，我舍不得十五块的车费，就步行，一直往西，往西。那骄阳似火的天气，我一个人走在漫长的公路上，感觉傻傻的。

水很快喝完了，我四处寻找，除了路还是路。我漫无目的地走着，不知道什么时候才是尽头。

好不容易才找到一个水龙头，也顾不得羞涩，扬起脖子就喝，饱了，就走。

提了货，转头就走，老板给我三块钱，说："看你一头汗水，肯定是走过来的，这么热的天，真难为你了。"刚走了两三步。老板又递过一瓶水，"带着吧，这年头，像你这么又节约又勤奋的女孩子，我很少看到了。"

等到家的时候，天都已经很黑了。不知道是谁把我卖鞋救父的故事贴到了网上，短短三天内，我的鞋子销售一空，我只好再去进货。同学还借给了我一辆自行车。

那个月，我赚了两千元。当我把这笔钱交到父亲的手里，我哭了，开始是小声地哭，最后是号啕大哭。很难说我当时是怎么样一种心情，朋友都说我那个月瘦了，但和父母所受的苦比起来，我那几乎是可以忽略的。父亲的头发白了，也瘦了十多斤，母亲也好不到哪里去，血丝布满了她的眼睛。我交钱的时候，母亲一直抱着我哭，我说："妈妈，我是个勇敢的孩子。"

我决定了，我要好好读书，再开学的时候，那个风一样的男孩子来找我，说他分手了，听说了我的故事，他希望能帮我。可是我已经不再迷恋小说了，也不再迷恋风一样的他了。那些云淡风轻，早已离我远去。

我是卖了一个月的鞋才明白的，命运，其实拐不走我的生活。

第四辑
母亲是儿子的根

生命如稻，岁月如米，脱壳剥米，犹如父母，他们只是给予和付出，从不索求回报。

看不见你在身边

李良旭

　　小时候上学，有一次，我偷偷地和几个同学到塘里去游泳。事后，我们几个同学发誓，这件事一定不能对别人透露半点风声，要是让老师和家长知道了，那可不得了。

　　我是一个被大家公认的好孩子，上学从来不用父母操心。事情过去半个多月了，我以为这件事父亲一定不知道，一颗忐忑不安的心，也渐渐平静了。

　　一天晚饭后，父亲带我去散步。走着走着，父亲忽然用手摸了摸我的头，说道，孩子，和你说件事，以后学游泳，一定要有大人带着在安全的地方游，不能私自到塘里游，这样很不安全，同时，这样做，对老师、对家长、对同学、对自己都是一种不负责任的表现。

　　月光如水般地倾泻下来，大地披上一层银白色的光芒。我听了，心脏"怦、怦、怦"地乱跳。我感到非常惊讶，这件事，连老师都不知道，父亲是怎么知道的？

　　我轻轻地"嗯"了一声，然后，又忍不住地问道，爸爸，您是怎么知道这件事的？

　　爸爸淡淡地说了句，因为我是你父亲，即使我不在你身边，也能看见你！

　　父亲淡淡地一句话，像一柄重锤敲打着我，让我感到一种威严与神圣。我想，原来，儿子在外一点一滴不遵守纪律的表现，父亲都能看得一清二楚。

　　月光下，我抬起头，发现父亲似乎有一双火眼金睛，无论我在哪儿，他

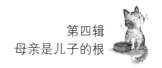

都能一眼望穿。那一刻，我心里有一种震颤和敬畏。

后来，又有几次同学约我逃课去游泳，我摇摇头，说道，我不敢去了，我爸爸能看见我。

同学们四下望了望，说道，你爸爸又不在身边，他怎么能看见？

我说，每一个爸爸都能看见自己儿子在外的情况，你们也别去了吧！

同学们听了，神情一下子变得黯淡起来，终于，他们落落寡欢地放弃了。

上大学了，大学离家乡有几百公里。离开家的时候，我心想，这下离父亲这么远，我无论在外干什么，他再也看不到我了。

父亲为我整理好行李，说道，孩子，我不在你身边，一切都要自己保护好自己，不要让爸爸牵挂。

我说，放心吧，我现在已经长大了，会把生活安排好的。

那一刻，我有一种彻底解放，想飞的感觉。

大二时，一次我生病发烧，躺在床上两天了，还不见好转。同学都去上课了，我吃完药，一个人昏昏沉沉地躺在床上。迷迷糊糊中，突然，感觉一个人伏在我的床边，用手摸着我的额头，只听那人说道，孩子，都烧成这样了，还在这硬挺着，这哪行？我送你去医院看看。

我惊讶地发现是父亲站在我的床前。我哽咽道，爸爸，您怎么来了？

父亲嗔怪道，别问那么多了，快，我送你去医院。

父亲说完，不由分说，背起我就带我到医院去。

我趴在父亲的背上，头昏沉沉的，但趴在这背上，我似乎又回到了孩提时代。那时，父亲带我出去玩，走累了，我就让父亲背着。我趴在父亲的背上，还揪住父亲的两只耳朵，父亲竟"哞、哞、哞"地叫着，像一只老牛的叫声。我听了，在父亲的背上，开心地哈哈大笑，也学着"哞、哞、哞"地叫声，像个小牛犊。大地上，回荡着我们父子俩"哞、哞、哞"地叫声，像一头老牛和一条牛犊在叫唤。

一晃，已有好多年没让父亲背过了。我现在已有一百多斤了，让父亲背着一定很吃力的。我努力地睁开眼，看到父亲的头发已白了许多，他似乎背得很吃力，气喘得很沉重。我下意识地用手摸了摸父亲的耳朵，父亲忽然"哞、哞、哞"地叫了起来。听到这叫声，我一下子清醒了许多。这声音，听起来，还是那么熟悉，仿佛就在昨天。我用力地，也轻轻地"哞、哞、哞"地叫了几声。

父亲幽默地说道，我听出来了，还是那头老牛和小牛犊的叫声，一点没有变。

我趴在父亲的背上，也笑了，好像病一下子减轻了许多。

医生检查后说道，你来得很及时，是肺部感染，如果再迟点来，后果很严重。

在医院住了一个星期，我就康复出院了。我问父亲，您是怎么知道我生病的？

父亲帮我整了整衣襟，爽朗地笑道，我是你父亲，无论你离开我多远，我都能看见你。

好熟悉的一句话啊。孩提时，父亲对我说的那句话，又在耳旁响起……那一刻，我心里有一种震颤和敬畏

十九年后，我已是一个部门的主管。我踌躇满志，立志要干出更大一番事业来。

一天，父亲背着一个蛇皮袋，气喘吁吁地赶到我家。一进门，父亲将蛇皮袋重重地一放，怒气冲冲地说道，你托二叔带给我的这些烟酒全还给你，你那几个钱能买这些好烟好酒？告诉你，我抽旱烟、喝土烧喝惯了，这些东西我全不要。我虽然不在你身边，但我能一直看见你，你要是走错了道，马上跟我回去种田去。

父亲的话，如雷贯耳，字字句句击中我的心。我走了过去，搀扶着父亲坐了下来。我努力地平静了自己心情，对父亲说道，这些东西确实是我省吃俭用孝敬您的。您的一番话，也给我敲起警钟，如果我走错了道，马上跟你

回家种田去。

父亲听了，似乎心情才平静了些，一脸焦虑的神色，变得舒缓起来，那双看我的眼睛，露出柔和的光芒。

父亲执意要走，说家里还有许多事要做。父亲走出屋外，突然"哞、哞、哞"地叫了几声。多熟悉的叫声啊，情不自禁地，我也"哞、哞、哞"地叫了几声。父亲的叫声更响了，我也用力地叫着。大地上，回荡着"哞、哞、哞"的叫声，像一头老牛和一头牛犊在叫唤。

望着父亲渐行渐远的背影，我的眼睛湿润了。我擦去脸上的泪痕，喃喃地说道，爸爸，虽然看不见您在身边，但您一直能看见我，您是用心在看儿子，您看儿子的心，永远不曾老去。

Autumn is...

空如大海的心

石兵

这一天，他与自己顽固守旧的父亲大吵了一架，狠狠地把门摔在背后，一个人逃入了大街上汹涌的人流。

十七岁的他一个人走在大街上，心情烦躁，脑海中似乎有一些丝絮缠绕纠结着，绑作绳结结成死扣，让他头疼欲裂。大街上阳光明媚，所有人都行色匆匆，没有人留意到他眼底的怒火，有好几次他与人擦身而过，都有忍不住爆发的冲动，是一丝残存的理智制止了他的躁动。但是，在这个人生的叛逆期，他总需要一个发泄的出口。

终于，一个飞奔而来的人撞在了他的身上，那人夹着黑色公文包，一身正装，显然是个都市白领。两人相撞后，那人的公文包掉在了地上，他则一个趔趄摔倒在地。他坐在地上，看到身边无数的脚步仍然毫不停留，突然，一股难抑的怒火涌上了心头，他跳起身来，一脚踹向了那个正在俯身捡包的人。

一场厮打之后，他身上的衣服被撕裂了好几处，瘦小的身躯遍体鳞伤，脸也变得青一块紫一块，但是，他红肿着布满血丝的双眼依然不依不饶，他感觉自己心中的那团火依然没有熄灭，而且，还有着愈来愈狂的迹象。

在派出所里，他的歇斯底里换来了一副冰凉的手铐，那个与他厮打的白领则灰头土脸地对着他骂了几句"疯狗"，然后掸掸身上尘泥土的离去了。他一个人在审讯室里待了许久，内心的躁动渐渐平静下来，面向徒留四壁的斗室，心中不由得有了一丝恐惧，这时，他听到了一个熟悉的声音。

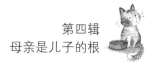

"真是对不起，是我们的不对，这个孩子平时不是这样的，今天上午，他跟爸爸吵了几句嘴，就离开家了，没想到会出这种事。"是他的母亲，母亲的声音中透露着一贯的谦恭。

"这孩子是该管教一下了，在大街上跟人撞了一下就开打，谁也劝不住，连我们所里的民警都被他抓伤了。"派出所的民警显然还是有些恼怒。

母亲一边不停地道歉，一边快步走入了审讯室。她一眼就看到了在椅子上被铐住手脚的他，母亲的泪一下子就下来了。他抬起头，看着自己面前的母亲，眼睛模糊起来，他想问问母亲，十七年来，自己一直是个循规蹈矩的好孩子，为什么那个在外人面前唯唯沉默的父亲，每次一见到自己就会数落个不停呢？

此时，他的心已不再躁动和愤怒，取而代之的，是一腔满满的委屈。他扑在母亲的怀里放声大哭起来。

和母亲一起走出派出所，又一次来到人声喧哗的大街上，他还是不敢抬头看人，只是使劲握着母亲的手，慢慢地跟她走着。在回家的路上，他的心里有一丝期盼，也有一丝抗拒，他不知道，那个不讲道理的父亲又会拿出什么道理来教训自己，他不知道，自己会不会再一次离家出走，在这条回家的路上，他的脑子里再次打上了无数死结。

终于到了家，一踏进家门，他就看到了满桌的饭菜。这让他几乎不相信自己的眼睛，但更让他难以置信的是，他看到父亲正系着围裙在厨房里忙碌不停。

看到他回来，父亲淡淡地说："饿坏了吧，先吃饭。"

他懵懂地应了一声，然后坐在饭桌旁，父亲又端上一个菜，并给了他一双筷子，拍了拍他的肩膀，然后坐在了一旁的椅子上。这时，他终于感到了饥饿。

吃完了饭，父亲对他说："你到我屋里来一下。"他眼神一黯，跟着父亲走进了里屋，他不知道，在自己身后，自己的母亲眼中已浸满了泪水。

父亲和他面对面坐着，沉默了许久。

终于，父亲开口了："我知道你恨我，说实话，我也恨自己。我一事无成，一无所有，就只有这个家，只有你这个儿子，我不能给你很多你想要的东西，也不知道怎么帮助你，但我不希望你像我这样过一辈子。"

他抬起头，看着对面的父亲，突然觉得父亲变得陌生了许多。

在他的注视下，父亲苦笑起来："其实，我真的不知道应该怎么办才好，或许，你是对的。我一个什么都不懂的人，是没有资格教训你的。我常常看书，学着里面的大人物来教育孩子，可教来教去总是学得四不像，因为你总是提一些书里没有的问题，让我不知道怎么回答。"

听了父亲的话，他突然想起了父亲熬夜读书的情景，那时，他只是在内心讪笑不停，却不知道，父亲是为了自己而读。

父亲看着陷入沉思的他，缓缓地说："以后，我不会再唠叨你了，你长大了，比我懂得更多，我心里啥也没有，装不下那些复杂的东西。"

他抬起头看着父亲，突然想起了那些曾被自己忽视的片断，那是父亲在工厂车间里挥汗如雨的样子，是父亲为了他上一所好学校低声下气送礼求人的情景，是父亲与他吵架时眼神中流露出的无奈与悲伤。想着想着，他突然感觉，一种久久未现的潮汐已经涌上自己的心头，占据了自己的双眼。

这一刻，他终于懂得了父亲那颗空如大海的心，这颗心似乎空空无物，实则满盈着深沉的爱与责任，而因为这份爱的不拘形式，竟被他纠结成了一个难以破开的死结。

口味

刘耀兰

我们湖北是鱼米之乡，最有名的是鱼丸和肉丸，没有哪一家不会做这些菜。这天下班，我一踏进家门，就见一大盆剁好的鱼肉猪肉蓉放在桌子上。

我的老母亲笑呵呵地说，我将肉蓉绞好了，你儿子要吃油炸的肉丸子，你儿媳妇要吃清水丸子，你们喜欢吃什么样的？

我打电话给老伴，老伴说，她想吃清蒸的。

老母亲哈哈大笑，说，这下看你怎么办？

这一下真让我有点犯难了。

想了一会儿，我撸起袖子，说，妈，你别动手，看我的，保证让他们满意。

我将电饭煲插上电，在里面放上水，用手将肉蓉捏了十几个肉丸子丢在里边，然后再捏十几个肉丸子用盘子装上，撒上一些作料，放在上面的蒸笼里蒸着。打开煤气，在锅里放上油，烧开，把肉蓉挤成一个个丸子放进去。沸腾的油如一朵朵白色浪花，肉蓉在锅里翻滚着，我手忙脚乱地折腾着。看着"噼里啪啦"的丸子，老母亲在一旁指导我如何操作，什么时候该下料，什么时候该起锅。

老母亲嫌我笨，笑骂道，你咋这笨呢？亏你还是个作家，教牛也教会了。

我听见刚过门的儿媳，捂着嘴在客厅里偷偷笑着。我捞起一勺色泽金黄的肉丸子放在嘴里。哇，好烫呀！我不管三七二十一就吐了出来。儿子儿媳听见了我的叫声，都跑进来问我怎么回事。老母亲哈哈大笑起来，她还对儿

子儿媳讲起了笑话，说，从前哪，有一个傻女婿上门，有一天吃饭，他看到面前的一盘汤没冒热气，拿起汤匙就勺了一匙放进嘴里，烫得他吞不是吐也不是。

儿子儿媳妇又在那里笑弯了腰。

儿子拿起一个肉丸子在嘴边吹了吹，然后放在他媳妇嘴里，再拿起一个放在自己嘴里，边嚼边说，香脆酥松、软香嫩滑，原汁原味，诱人食欲。

我妈拿起一个丸子来，也用嘴吹了吹，放进了我嘴里，我边嚼边补充道，鱼香肉香俱佳，不咸不淡稍麻，辣味葱味刚好，胜过街头二伢。说明一下：二伢是街头做肉丸出名了的，我这辈子恐怕是达不到他那水平的，只能在家里躲着吹嘘一下。

肉丸炸好了，电饭煲里的清蒸丸子和清水丸子都熟了。老伴下班了，她进门就问，我要的做好了吗？我说，你就坐下吧，马上给你端来。

看着一家人吃得高高兴兴的，我老伴直夸我能干。突然，我老伴问，儿子要吃的儿媳妇要吃的我要吃的，你都做到了，可你和妈想吃什么呢？

我猛然想起来了，说，妈，我还没问您想吃什么样的呢，我怎么就把我们俩的口味忘记了呢？

老母亲呵呵一笑，说，我跟你一样，没什么特别的口味，看着他们吃得高兴，我们就高兴。我不失时机地酸一回说，我们的口味是幸福。

另一种孝顺

侯传金

母亲病故后，七十多岁的老父亲便独自在老家里住着，我怕他孤独，多次劝他跟我进城，都被他以各种理由拒绝了。

无奈，我只好给父亲安装上了电话，并三天两头跟他联系。数月后的一天，我往家里打电话，怎么打也打不通，我急了，便把电话打到邻居二婶家，让她过去看看……这才知道，父亲家的电话坏了，而他又得了重感冒，且高烧不退，病得没法起床了。我心急火燎，忙租了辆车回到了百里外的老家，把父亲送到了医院。

有了这次经历，我说什么也得让老父亲进城，都偌大年纪了，一人在家真让人放心不下。在我的一再坚持下，他答应了。

可住了半个月，父亲就提出要回乡下，他说："已习惯了农村生活，在城里过不惯，再说了，我在这里不但帮不上什么忙，反而给你们添麻烦。"我连说带劝，让他过些日子再回去，可执拗的父亲非要回家不可。无奈，我只好告了假，把他送回了乡下的家。

回城后，我心里很郁闷，便找了个小饭馆，点了两个菜，独自喝起酒来。此时，我的心里翻江倒海：父母为了我上学、工作而经历的那些苦难，像放电影似的一幕幕在我眼前显现……而我多年来又忙于工作和家庭，别说尽孝道了，一年也难得回一两次家。自母亲去世后，悲痛之余，我才深深体会到"子欲养而亲不待"这句话的内涵。好在父亲还健在，可老父亲就是不给我尽孝

121

的机会！我越想心里越难受，最后，喝得酩酊大醉，还是老板租车把我送回了家。

回到家，妻子问我为何醉成这样。我实在憋不住了，"哇"的一声哭了。

两天后的中午，我下班回家，一进屋，突然看见老父亲在客厅的沙发上坐着，我既惊喜，又疑惑，忙擦了下眼，这，确确实实是自己的老父亲哪！见我发愣，父亲冲我笑了笑说："我这次来就不走了，以后我保证跟你们生活在一起。"这是真的吗？想想往日我费了多少口舌，他就是不来，这180度的大转弯，实在令人费解！可不管怎么说，父亲来了就好。

等妻子下班回来，我把父亲来家的事儿告诉了她，谁知她却问我："想不想知道老爷子这个'弯'是怎么转的？"我说当然想知道了。妻子嫣然一笑："我对他撒了个谎，老爷子就自己来了。"

我忙问原委，妻子告诉我，两日前，她在电话里对父亲说："你儿子在单位名声不好，同事和领导都指责他不孝顺，把老爹扔在乡下不管，正准备着让他下岗呢！"父亲当时就急了，把家里安排妥当，就急着赶了过来。

妻子还说，要我原谅她，因为实在没办法，她才骗了老人，不过结局还是不错的。我听了，没再言语，心里却说：虽说撒谎骗了老父亲，但这是善意的，对于我们来说，这也算是另一种孝顺吧。

秘密

周海亮

女人去世以前，一遍遍喊着女儿的名字。她已经神志恍惚，声音低得连自己都听不见。后来她发不出一点声音，她的嘴张张合合，泪如潮涌。男人俯下身子，说我知道，我都知道。他握着女人的手，亲吻女人的手，任那只手慢慢变凉，任女人的生命，走成一条直线。

是车祸。女人在医院，硬撑了整整两天。男人想把女儿接过来，女人挣扎着说不要。不要，她流着泪说，别吓坏了她。

刚满一周岁的女儿，住在乡下奶奶家。她蹒跚学步，咿呀学语，牙床上发出米粒般的白色乳牙。她每天都在笑，每天都在哭，不管笑与哭，她都是快乐的。一周岁的她不懂生离死别，不知道识图本上可爱的蓝色的大货车，可以让自己，从此失去母亲。

回到城市已是一个月以后，男人去乡下接女儿回来。公共汽车上，男人用拳头堵住嘴巴，无声地号啕。怎么跟女儿说呢？假如可以选择，他宁愿撞上货车的，是他自己；假如没有女儿，他宁愿伴着女人，一起离去；假如，假如女儿可以原谅自己，他宁愿跪在她的面前，说上一千句"对不起"。

可是，怎么跟女儿说呢？

男人说妈妈出差了，很长时间，不会回来。

女儿眨着眼睛，说，妈妈。

可是妈妈去很远很远的地方出差了……那是地图上找不到的地方……她

需要很长时间，才能回来。

女儿眨着眼睛，说，妈妈，妈妈。

男人扭过脸去，看着窗外，任泪水无声滑落。油菜花染黄了天际，男人想起在春天的田野里奔跑的女人。女人一袭长裙。女人黑发飘扬。女人眸似春水，齿如美玉。女人将一枚戒指，戴上他的无名指。女人轻抚着凸起的肚皮，专注地为他煲汤。女人怀抱着乖巧的女儿，乳香四溢。女人弥留之际，哭着，喊着，说，我想妞妞……别让她来，她会怕……

……男人为女儿讲故事，洗衣服，做饭，买玩具；男人去幼儿园接她送她，不忘在头上插一根天线，扮成外星人；男人带她去动物园和游乐场，将她扛在肩膀上，风一般奔跑。男人努力让她忘掉妈妈，努力让她的童年，充满阳光。可是这怎么可能？安静时，女儿歪着脑袋，一遍遍问他，妈妈什么时候回来？

男人捂住了脸。他可以忍受一切，责怪，磨难，痛苦，孤独……可是他忍受不了女儿的眼睛。那眼睛清澈无辜，闪动着令人揪心的企盼。她只是一个四岁的孩子，可是为什么，她的眼睛里，竟也有那么深沉的忧伤？

男人正为女儿系着鞋带。那天，他跪在地上，久久没有起来。

不断有人给男人介绍朋友，女人或者女孩，出于敷衍或者礼貌，男人匆匆见一面，从此再无瓜葛。几年来，几乎每一个夜里，男人都在想她——想她的温柔善良，想她在香气浓郁的田野里赤脚奔跑——他知道她永不会回来——正因如此他才愈加想她——想到泪流满面——想到撕心裂肺——想到肝肠寸断——想到深彻骨髓——想到白了头发。

是的。那天，早晨，洗漱镜里，男人发现自己的鬓角，竟然如同霜染。这时的男人，不过三十多岁。

他知道女儿也想妈妈。他还知道，女儿的记忆里，妈妈不过是一个模糊的影子。一岁的年纪，能存下多少完整的记忆呢？她想妈妈，只因为她羡慕别的孩子，羡慕别的孩子的妈妈。只因为，她知道自己，应该有一位妈妈。

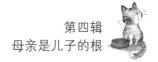

妈妈去很远很远的地方了……那是地图上找不到的地方……也许，她很快就会回来。男人这样说。奶奶这样说。邻居这样说。幼儿园阿姨这样说。每个人都这样说。说时，心中充满不安和自责。其实，对一个不谙世事的孩子隐瞒实情，也是那般痛苦。

终于，女人的姐姐从遥远的城市赶来。她劝男人再娶一位妻子，她说你和妞妞，不可能永远这样下去。男人绞着手，说，我爱她。她说我知道你爱她……我也爱她……她是你的妻子，也是我的妹妹，可是照你现在这样，早晚得累趴下……找个人一起过日子吧——照顾好妞妞，不正是她临去前的愿望吗？男人说不出话，低了头，红了眼圈。是啊！照顾好妞妞，不正是女人的愿望吗？何况，他有权利永远欺骗自己的女儿吗？可怜的妞妞，已经长到了六岁。

男人真的遇上一位好女人。女人安静内敛，优雅善良。女人陪他散步，陪他聊天，给他洗满盆的衣服，在幼儿园门口，偷偷看两眼妞妞。男人不想让她过早地与妞妞交流，他不知道当多年的谎言揭穿，女儿脆弱幼小的心灵，将会是怎样一种天崩地裂的痛苦？那就再等两年吧。再等两年，等女儿再大些，他想，他会把所有的一切，原原本本地告诉她。

所以，那天，男人笑着对女儿说，妈妈就要回来了。女儿愣着，似乎不敢相信男人的话。男人说可是妈妈瘦了……妞妞，你还能想起妈妈的样子吗？女儿歪着脑袋，想了很久，摇摇头。男人轻轻地笑了，有些心痛，又有些欣慰——她毕竟，还是一个孩子。

女人拖一个旅行箱，进了屋子。女人冲妞妞扬开双臂，招呼她过来。妞妞怔着，待在原地，表情竟然有些拘谨。男人说妞妞，不认识妈妈了么？妞妞仍然呆怔着，不肯上前。男人说快叫妈妈啊！妞妞就冲上前去，叫一声妈妈，扎进女人的怀里。男人看到，那一刻，女人的眼睛里，饱含了泪花。

吃过午饭，女人随妞妞去她的房间。女人说我给你讲个故事吧！妞妞说，我知道你不是妈妈……你是她的朋友吧？

女人一愣。

妈妈她已经死了。妞妞认真地说，我是听奶奶说的……前些天，奶奶跟爷爷说，被我听到了……只有爷爷、奶奶，加上我，知道妈妈死了，当然，现在，还有你。妈妈在我一岁的时候就死了，她回不来了……可是别人，包括爸爸，都还以为，她在很远很远的地方出差……

女人已经说不出话来。

如果你能对我好，能对爸爸好，我同意你做我的妈妈。妞妞拉过女人的手，勾起她的小指，说，这是咱们之间的秘密，千万不能让爸爸知道……如果他知道，他会很伤心……

男人站在门口，咬着嘴唇，静静地听。脸上，早已经亮晶晶一片。

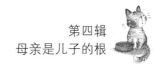

母爱的味道

余显斌

母亲睡在床上，头发散乱，脸色蜡黄，如一盏即将熬干的灯，风一吹，就会熄灭。

母亲得的什么病，至今我们也没弄清。

母亲是在一个冬天生病的。那时候，队里种了一块花生，挖过之后，地空在那儿。花生地里，花生一般是很难挖尽的，于是，母亲就想去翻拣一点，当时不能白天去，母亲就选择了晚上。

那夜一定很冷，地上下了一层白霜，月亮一落，白花花的，如雪。

母亲上半夜去的，下半夜才回来，寻的有小半袋子，剥了，有一升花生米。那晚上，我们终于吃上了从没吃过的花生米，又焦又香又脆，那种味，直沁入到人的心里、记忆的深层里，至今没有消散。

母亲不吃，父亲也不吃，都微笑着，看着我们吃，很满足的样子。

那时我们还小，只有姐姐懂事地把花生给父亲和母亲吃。父亲摇头，一边吸他的烟，一边说不吃。母亲咳嗽了两声，说："你们吃吧，妈不爱吃花生。"

我很奇怪，眨巴着眼睛问："花生好吃呢，你怎么不爱吃呢？"

母亲笑着，拍着我的头，然后捡起地上的花生壳，扔进了灶洞，又咳嗽了几声。

母亲的病就是那夜得的，开始的时候，是咳嗽，据母亲说，那夜，她翻了大半块地，累了，出汗了，就脱了棉衣，可能是感冒了。

可这次感冒并不像以往那样，一扛，就扛过去了。

母亲的咳嗽特别厉害，尤其是冬天，各种土单方都用了，也不见效。那时家里特穷，没有一分钱，母亲就硬撑着，带着病下地干活。

母亲身体本来就不好，加上家里吃了上顿没下顿，以及繁重的劳动，渐渐地，母亲的身体垮了，一天不如一天了。开始咳嗽，吐的是痰，慢慢地咳出了血，脸色也由苍白变成了蜡黄。

终于有一天，母亲再也支撑不住了，一头倒在地上，被抬回家，睡在了床上。

父亲再也不听母亲的劝阻，请来赤脚医生，看了母亲的舌苔，诊了诊脉，打了一针，走了。然而，母亲的病不但不见好，而且日见加重。

父亲上坡干活去了，母亲就睡在床上，教姐姐洗碗、洗衣服，甚至是做饭。看着姐姐小小的身子在忙碌着，母亲就红了眼圈，说："跟着我们，娃儿受了罪了。"

我和两个妹妹眨着大眼睛，望着母亲，不知她为什么突然这样伤感。

母亲让我们过去，拉着我们的手，一个个摸，摸不够，说："以后要听爹的话，姐姐哥哥妹妹不要争吵。"

我们都懂事地点着头，

母亲又红了眼圈："没有妈了，更要互相照看好。"

我们睁大了眼睛，问："妈，你要去哪儿？"

"去很远很远的地方，"母亲脸上泛出一丝慈爱，"到你外婆那儿去。"

"外婆不是死了吗？"姐姐问。

"妈也快要死了。"母亲喃喃，泪流了出来，

"妈，你不要死，我不要你死。"姐姐哭了，我们也"哇"的一声跟着哭了，母子们哭成了一团。

但我们的哭终久也没有挽留住母亲，在又一个深秋，母亲处于了祢留之际，睡在床上，已经两天没吃没喝了，

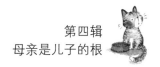

父亲低着头，不停地问："你想吃啥？说出来，我给你做。"

母亲喃喃道："花生，真想尝尝是什么味。"

父亲擦擦眼角，说："你等着，我就回来。"当时正是花生成熟的时候，父亲出去了，不久，连秧子带花生抱了一大抱。

是队长让父亲扯的，说有什么责任，他顶着。

父亲把花生洗净，炒好，香喷喷的，拿到母亲床前。嗅着香味，母亲睁开眼，慢慢张开嘴，正准备吃父亲喂的花生米，可是，望望我们，又缓慢地摇摇头，闭上了嘴。

母亲看到我们围在身边，眼睛直勾勾地望着花生，四个孩子，除了姐姐之外。

母亲让父亲把花生给我们兄妹吃。

父亲说："你吃吧，尝尝是什么味道吧。"

母亲摇摇头，很坚决，一边让父亲把花生给我们吃，一边喃喃道："娃们儿跟着我们受罪了，我对不起他们。"

父亲也流下泪，把花生分给了我们。我们那时真的还小，我才四岁，两个妹妹，一个三岁，一个两岁。只有五岁的姐姐还懂事，舍不得吃，剥好花生后准备给母亲喂时，才发现，母亲的嘴永远地闭上了。

母亲的眼角，还挂着两滴泪。

多年后，花生，已不是什么稀罕物了，再也勾不起孩子们的食欲了。可我仍然爱吃。母亲，每次吃到花生时，我都会想到你，很想流着泪告诉你，花生的味道真的很香很香，它跟母爱的味道和现在的生活的味道一样，直沁到人的记忆深处和灵魂深处，永远也消散不了。

母爱的姿势

王凤英

　　母爱，是人世间最伟大、最无私的爱。它没有豪言壮语，也没有矫揉造作，可是每当她的儿女遭遇危险时，她们总是以不同的姿势，奋不顾身地挡在儿女的最前面，哪怕献出自己的生命。

　　这是5.12汶川大地震中一个感人的故事。有位死去的母亲，她的身下却有一个几个月大的孩子，孩子还活着。而她救赎的姿势却是，双膝跪着，整个上身向前匍匐着，双手扶着地支撑着身体，只是身体被压着变了形。而在孩子的包裹里，人们发现了一部手机，手机上有一条写好的短信："亲爱的宝贝，如果你能活着，一定要记住我爱你。"

　　青海玉树地震中，在玉树州结古镇民主街住宅区，广州消防救援者奋力从废墟中挖出一个藏族女子，在她的怀里还有个九个月大的孩子，人们看到她用双手紧紧抱着孩子，头部死死地护着孩子的脑袋，倒塌的砖头正好砸在她的后脑。母亲遇难了，然而，年轻妈妈怀里的孩子还活着，因为她用母爱的姿势，换来了爱子最后生存的机会。

　　有一位母亲，她的两个女儿就睡在她隔壁的房子里，那天，因为停电，十二岁的大女儿和十岁的小女儿因为怕黑，在床边燃起了一支蜡烛，蜡烛燃尽时，却引发了一场火灾。当母亲发现时，她一个箭步就奔进了浓烟滚滚的屋子里，终于母亲发现了蜷缩在墙角的一对哇哇大哭的女儿。这时，门口因火势过猛已经退不出去，母亲只好把一人多高的窗子打开，用力将小女儿举

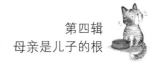

了出去。当举起大女儿时，因烟熏得令人窒息，母亲已没有了力气，但母爱还是给了妈妈最后的力量，终于把大女儿也奋力举了出去。当闻讯赶来的消防员扑灭火后，人们看到，母亲被烧焦的身体，依然是双臂上举的姿势。

也曾有这样一位母亲，那天接儿子放学后，他们欢快地走在放学的路上。突然，一辆汽车像喝醉了酒的怪兽从身后向他们扑来，当母亲发现情况时，便奋不顾身地转身将儿子猛力推出了危险区，可是，汽车却从母亲的身上碾了过去。后来，据目击者说，本来母亲是处于安全位置的，她只要转身完全可以逃离危险，这位母亲却用母爱的姿势牺牲了自己，保全了儿子的性命。

我的母亲，虽然普普通通，没有什么惊天动人的事迹，可就在我事业和生活遭受最不幸的时候，母亲用她的方式诠释着母爱。那段时间，每当我从外面无精打采地回来，总能看到母亲在家门口站成了一尊雕塑，等待着我的归来。终于，我被母亲爱的姿势深深感动了，我开始对事业和生活有了重新的认识，经过一段时间的努力，最终我走出了阴霾，走进了阳光明媚的生活。

人世间的姿势有多种，而母爱的姿势则是最美丽、最高贵、最永恒的姿势。母爱的姿势，是我们生命里最温暖的丰碑，记录着所有的感动与感恩，蕴藏着最深的情感和眷恋。那是最直入心灵的震撼，共鸣着天下最无私的爱，是我们一生中所有爱与温暖的来源。

难以走出

余显斌

杰克决定出走。既然老爸如此狠心，不把自己放在心上，他觉得，自己应当离开这个家，离开老爸。他以自己的行动证明，不靠老爸，他活得好好的，一点也不比过去差，甚至更好。

"让他为自己的错误忏悔吧。"杰克狠狠地想。

按计划，杰克决定在本市打工。杰克选中了菲尔逊，决定给他打工。菲尔逊是有名的企业家，一个很善良的人。

菲尔逊是搞建筑的，有很多下属。

杰克向菲尔逊提出，自己才来，希望从最容易的活儿做起。菲尔逊点头，告诉他，即使他不说，自己也会考虑到的。

杰克暗暗感激，甚至想，做菲尔逊的儿子，一定很幸福。至于自己老爸，真应该让他来学学，怎么做一个合格的父亲。

菲尔逊叫来个下属说："马尔斯，带着他，找份容易干的活儿。"

马尔斯手一挥，带着杰克走了，到了工地，告诉他，他的活儿就是把砖往车上送。杰克瞪大眼，那可很脏。可是，马尔斯说，这个最容易干。说完，吹声口哨走了。

杰克抱着砖，一摞摞向车上堆。太阳出来，火辣辣地照着头脸，汗流不止。没到上午，杰克手指就破了，出了血。他坐下来，想歇息一下，菲尔逊恰好走来，冷了脸。"都这样歇息，工程怎么办？"菲尔逊吼道。

杰克望望菲尔逊，很想甩手不干。可是，这样一来，自己就会输给老爸。不能输给他，他想，硬着头皮留了下来。

几天后，杰克受不了，要求换工作。菲尔逊道："小伙子，如果你愿意，可以递砖。"杰克咬咬牙，答应了。他想，可能递砖会轻松点吧。在他的想象中，搬砖是最累人的。

递砖也不简单，一天下来，杰克胳膊又酸又痛，穿衣都艰难。他打算再换个工作，可被菲尔逊拒绝了。不过，菲尔逊并不是很直接，而是笑着说："这儿还有轻松的，譬如计算、设计、绘图，你可以吗？"

杰克目瞪口呆，自己高中没毕业，怎么能干这些。

杰克终于受不了了，打算离开。话还没说完，菲尔逊伸出手指，坚决地摇摇，告诉他，他这样做，自己首先就不答应。

"为什么？"杰克愤怒地叫道，"你这是违法的。"菲尔逊对他说，自己并不想不让他走，他愿意在这儿干就干，不愿意，可以立刻走人，自己绝不强留。杰克听了，装身准备离开。身后，菲尔逊阴阳怪气道："你说过，你和你爸闹翻了，如果这样回去，你可输定了。据我所知，你是个很硬气的小伙子。"

杰克止住脚步，咬咬牙，心想，我向上帝保证，绝不认输。他回过头狠狠对菲尔逊说："你赢了，我不离开。"

菲尔逊得意地否定："不，不是我赢了，是你又一次赢了你的爸爸。"

杰克听了那笑声，很想一拳砸过去，让菲尔逊这个伪善的人见鬼去吧。

杰克辛苦劳作，他的心里，暗暗希望，老爸能发发善心，来看看自己，或者劝自己回家。是的，只需一句话："杰克，我原谅你，回来吧。"杰克就会跟着老爸，回到幸福的家里。可是，自始至终，老爸没出现过。

一天，由于不小心，一块砖落下，砸在脚趾上。杰克惨叫一声，坐在地上。菲尔逊忙赶来，让将杰克送进医院。菲尔逊轻声问："杰克，痛吗？"

杰克白他一眼，侧过了头。

不久，杰克出院。这次，菲尔逊主动劝他回家，可是，杰克摇头拒绝。他要继续留在菲尔逊那儿。回来后，他如变了个人，不再挑活了，默默劳动着，从不提要求。半年期满，他找到菲尔逊，提出离开。

"不干了？去哪儿流浪？"菲尔逊问道。

"去上学。"他说。

菲尔逊眼睛瞪大了："上学？据你说，不是最讨厌学习吗？"

杰克摇着头，一段时间的劳动，他体会到，要有轻松活儿，要创造更大价值，必须有知识。菲尔逊笑了，给他结算工资。杰克说："应当扣除住院费。"

"那些，有人付了。"菲尔逊说。

"谁？"

"你爸。"

这次，轮到杰克睁大了眼睛。菲尔逊告诉杰克，自己这儿其实是杰克老爸的分公司。杰克刚出走，他老爸就打电话来，让菲尔逊想法找到杰克，收留他。菲尔逊接着解释："你爸不放心，每天都来看过你。"

杰克疑惑了，半年来，自己从没见到老爸的影子。

菲尔逊指着远处一座废弃的建筑，那上面站着个黑影，告诉他，那就是他爸爸。一刹那，杰克的泪水出来了，在每个火辣辣的日子，老爸都那样站着，望着自己。而自己，还以为走出了他的关心之外。

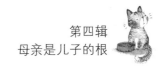

你没长大，我岂能倒下

周礼

这是一个苦命的女人，刚刚过了二十五岁的生日，就被查出患有一种不治之症，医生说，如果不尽快手术，最多只剩下半年的寿命。女人的家庭并不富裕，对于那笔像天文数字一样的手术费，他们只能摇头叹息。

起初，男人不相信这个残酷的宣判，带着她四处求医，希望能碰到一位药到病除的神医，可是当他把仅有的一点积蓄花光时，女人的病情依然没有丝毫的好转。渐渐地，男人沉默了，害怕了，他不想陪着女人一起受苦，终于有一天，他抛下女人，去了一个没人知道的地方，从此音信全无。

面对疾病的折磨、爱人的背叛，女人彻底崩溃了。此时的她是那么的孤独无助，脆弱得就像一片摇摇欲坠的枯叶，随时都可能被无情的命运折断。女人每天以泪洗面，她对未来已不抱任何希望，只期盼死神能早日叩门，结束这种痛苦的人生。

正当女人绝望得想要自杀时，却意外地发现自己有了几个月的身孕。这个孩子来得真不是时候，要是换作以前，她一定会高兴得跳起来，可如今，她连自己的性命都保不住，又如何能生养孩子呢？女人躺在床上想了一天一夜，最终她决定活下来。女人想，或许这是上天馈赠给她的最后的礼物，也是最好的礼物，她不能让孩子胎死腹中。于是，女人学会了坚强，她不再寻死觅活，不再自暴自弃，只想向上天借一年的生命，让孩子健健康康地、平平安安地出生。

　　为了活下去，女人不得不到处寻找工作，可人家一看她病恹恹的样子，再加上还是一个孕妇，哪有人敢要她呢？没办法，女人只好做了一个城市拾荒者，每天提着一个蛇皮口袋，游走在大街小巷。虽然日子过得清苦，还时常要忍受病痛的折磨，但女人一想到肚子里的孩子，她的浑身就充满了力量。夜深人静时，每每感受到孩子在肚子里的阵阵律动，她的脸上总是溢满了幸福，并抚摸着隆起的肚子，亲切地说，孩子，你要坚强，咱们一起努力！

　　十月怀胎，孩子终于呱呱坠地，女人成了一位母亲，那一刻，她觉得自己是世界上最幸福的人。抚摸着孩子那胖嘟嘟、嫩生生的小脸蛋，她再次告诉自己，我不能倒下，如果我死了，孩子就没人照顾，我不能让孩子没有母亲，不能让孩子受到一丝的委屈，我要陪着他慢慢长大。想到这些，女人变得更加坚强了。靠着一种顽强的信念，女人奇迹般地活了下来。转眼间，孩子已长到了十多岁，正在城里的一所学校念初中。很多人认为，这是一个奇迹，但女人知道，其实是孩子救了自己。

　　不知是谁说过这样一句话，女人是天生的弱者，但母亲是天生的强者；这个世界上有无数的奇迹，但很多奇迹都是母亲创造的。当一个女人变成母亲时，她的意志是坚不可摧的，这也是为什么女人还能活下来的原因。女人经常对别人说一句话，孩子没有长大，我岂能就此倒下。

第五辑
生命从来不是靠自己长大的

　　请记住，生命从来不是靠自己就能长大的，它凝聚了很多亲人的付出、深爱和努力。所以，无论何时何地，我们一定要懂感恩，知珍惜。

女儿，你是老爸心中的太阳

程应峰

亲爱的雅雅：

当你告诉我你们计划春节结婚时我和你妈妈都流泪了。这辈子爸妈对你一直深怀歉疚，自你六岁刚开始读书时爸妈便离开你来南方打工，在这十六年里，你经历了小学，初中，高中，大学，透过每一次来往的书信爸爸能明显感觉得到你的变化。

尽管在这十六年里，爸妈只回过四次家，极少给你父爱和母爱，但你却在一直给我们带来惊喜和骄傲。在这十六年里，你的学习成绩一直名列前茅，并且荣幸地成了大山深处第一个女大学生。

记得出来打工后的第四年春节第一次回家，也许是分别太久，当爸妈到家时，你害羞地躲在房里一直不肯出来，直到数天后，你才怯生生地叫了第一声爸妈。当时我和你妈都流泪了。临出门的那晚，你抱着妈妈一次次央求："妈妈，能不能一直在家陪我？"我问为什么要妈妈在家陪你，你说妈妈不在家下雨了放学时没人给你送伞；开家长会时同学又都讥笑你。那一晚爸妈一宿都没睡，第二天清晨，爸妈是狠着心在你睡梦中出门的。

每当想起这些，爸爸总禁不住泪流满面。也许在你幼小的心灵中一直不能理解为什么我们非要外出打工。记得三年后的那年春节回家，你赌气地问："为什么你们要出去打工？"面对你充满疑惑的眼神爸爸真的十分惭愧，爸爸知道很多人情世故是你幼小的心灵所不能理解和感受的，但爸爸相信总有一天你会明白爸妈的无奈。果然，到你考上大学的那年暑假，你打来电话第一句就说："谢谢爸妈这些年的艰辛。"那一天我和你妈开心了一整天。

爸妈是地道的农民，在你成长的道路上唯一能给的只能是让你多受教育。让书本来教你明事知礼。大学期间，得知你一直在做志愿者，并且在汶川大地震时毅然奔赴灾区的第一线，当时我们真为有你这样的女儿而欣慰。记得临行前，你给我们来了一封信，信中你请求我们，如果你未能平安归来，千万不要怪你。说实话，那一刻妈妈彻底吓傻了，面对信纸良久无语。但爸爸却在心底为你喝彩：我们的宝贝女儿真正长大了。再后来你说你要和他一起赴灾区支教，你说别人选男朋友的标准是高富帅，但你看重的是人格和人品，你说你们是在汶川相识的，你们的爱情之花必将在汶川开花结果。爸爸真为你感到荣耀，爸爸也坚信，无论社会如何发展，衡量美德的标准必将始终如一。一个人如果偏离了传统美德标准，即使现在能翻云覆雨，那必将注定只是短暂的，但凡能成就大事的，必定有一颗恪守美德之心。你问我们会不会反对，傻女儿，爸妈高兴都来不及呢！你说十分期待爸妈参加你们的婚礼，乖女儿，这一次爸妈无论多忙一定来，我们一定要亲证女儿最美丽的那一刻！

爱你的老爸！

2013 年 1 月 26

女儿枕

凉月满天

母亲抱过来一个枕头，说："给你枕。"

我接过来细看，然后大笑。

这枕头，拳头大的蓝圆顶，用数十年前流行的女红工艺"拉锁子"，各勾勒了两片南瓜叶，一朵五瓣花，三根卷须子。蓝顶周围又镶了一圈四指宽的果绿布。大红绒布为身，红布身和绿枕顶接壤的地带，又一头用两块小小的菱形花布缝上去做装饰。整个枕头，两头粗，中间细，娇俏，喜庆，憨态可掬，像个娇小的胖美人又着小腰肢。

这让我想起16年前的小女儿。她刚满一周岁就被送到农村，我娘把小丫头喂养得白白胖胖，给她穿着特地做的裹得紧紧的小棉袄、小棉裤。在大雪纷飞的季节，女儿整个人像一个瓷实的小棒槌，小脸蛋红润发光，嘬着小红嘴，嚷嚷着："耶耶耶——"手舞足蹈，兴高采烈。

我娘的手极巧，纳鞋底、绣花、给小娃娃做老虎头鞋，无不拿得起放得下。

在做这些针头线脑的活计的过程中，她入神的哼哼唱唱如波平水静，映照出一个乡村妇人恬静自足的内心。那一刻，她忘了囤里没有余粮，炕席底下没有余钱，将近年关，大人娃娃的新衣裳尚且远在天边，猪肉也没得一斤。好像用一根银针穿上五彩丝线，便能够绣出一个明丽如绸的春天。而我那经常被心烦的她呵斥到惊惶的心也踏实下来，无比安定，守在她的身边，像一

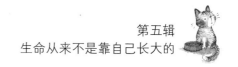

只猫咪晒着太阳卧在花丛中。

现在女儿已读高中，青青子衿，悠悠"女"心。人也拔条长开，像竿青竹绽着碧叶。她大了，我老了，鬓边银丝初现，我娘更像根老去的芦苇，银发纷披，一根青丝也看不见。

今天颈肩疼痛，病卧在家，渐觉烟气弥漫，呛咳流泪，回过神来，大叫："娘——娘——""咔嗒"一声门响，母亲从她的卧室里冲出来，一迭连声地说："坏了坏了！"

不用她说我也知道坏了。

撑着爬起来，出去看，她又在熬花椒水！又忘了关火！

昨天夜里她熬花椒水熬到汤干，幸亏我先生凑巧进厨房，替她把火关上。看着今天又被烧得通红的铁锅，我揉着疼痛的颈椎，口气怎么也轻松不起来："花椒水这种东西，本来就是可用可不用，以后把这道工序省了！不要再熬了！"

母亲好像没听见，开抽油烟机，开水龙头，开窗，冰冷的西北风扑面而来。我自顾自地检查炉灶，排查隐患，过了一会儿才随口问："你熬花椒水干什么？"

她扭过头来看了我一眼，说："我想给你做臭豆腐……"

那一眼让我的心霎时如同刀剜——她那张皱纹纵横的老脸上，是满满的羞惭。

什么时候，她这么老了？

从我记事起，她的两颊就红润平展，像枚光滑的鸡蛋。农村妇女不懂打扮，平时只用猪胰子洗脸，却仍旧把她洗出一副好面相。可是现在她脸色灰黄，脸上满是沟壑，嘴巴可笑地向里瘪着——安了假牙后特有的情状——一副老婆婆相。

才恍然惊觉：她有好久不再发脾气、骂人，她戴老花镜也有好多年；而给小老虎头鞋上绣花似乎是上辈子的事情。不知道打什么时候起，她就偷偷

在我的面前老了。

农村苦寒，这几年她都和老父亲一起搬来依附我过冬，刚开始还颇有精神地说我买米费钱，买面费钱，买东买西一概费钱，还想替我当家，我坚决不让。笑话，那是我的家啊。现在我买东西她不再挑剔，我下班回家也不会见到她冲着我使小性子发小脾气，躺在炕上不吃东西——母亲五岁丧母，上有父亲以及两兄一姐，自是对她倍加怜惜；结了婚我父亲性子温厚，也同样对她倍加怜惜，所以她发脾气、使性子是经常的事。躺在炕上"哼哼哼，哼哼哼……"我爹端着饭碗，说："起来吧，吃口东西……"

跟我住后，还是那样"哼哼哼，哼哼哼"，我爹已经得了半身不遂，有心无力，眼巴巴地看着我，我只好去劝："起来吧，吃口东西……"直到她觉得受到的关心够了才开始高兴，整座房子都回荡着她"嘎嘎嘎"的笑声。我把自己锁进房间，猛拍键盘……

她爱闹，我爱静；她轻浅，我沉重。我们母女，真是天生不对眼。

可是今年我买东西她一概说好，我回到家桌子上已摆好热饭。除此之外，几乎感觉不到她的存在。她的房门紧闭，没有丝毫的声息外泄。

她的人生已经结束了征战，她拱手让出生活的所有大权。只保留一点根据地，小如鸡蛋，在这个鸡蛋壳里竭尽全力做道场。我每天都能享受到"亲娘牌"的丰盛午餐：

一盆腌酸菜——芥菜疙瘩和萝卜缨子，洗净，切丝，加水，冰天雪地地放在外面，一直到它糟得酸了，然后拿来，汤汤水水，略加一点盐。吃一口，酸香宜人，喝一口汤，冰凉舒爽。

一碗面片汤——面是她亲手擀的，辣椒油和蒜瓣炝锅，冰雪寒天，喝上一碗，浑身都暖。

一盘豆面儿和小米面混蒸的窝窝头——她亲手蒸的。

样样都是我爱吃的。若不是熬花椒水熬出祸来，过两天，我就能吃上最

爱的臭豆腐了。

外面觥筹交错，不抵娘熬的一碗薄粥。

外面山珍海味，不抵娘蒸的一个窝头。

可是今天熬花椒水被我禁止，明天，谁知道我们又会以衰老为由，禁止她做什么？我享受娘做饭的机会，就像拿在手头的钞票，只能是越花越少。

可是我的娘啊，你又为什么羞惭？

你觉得你的衰老是可耻的，你无能为力，可是你的面前是你亲生亲养的女儿，你情不自禁露出的惭色是对我的鞭挞和斥责，鞭挞我的坚硬，斥责我的冷漠。每天回到家仍旧是工作连着工作，何曾坐在一起，和你话过一回家常？

我的自责闪现，她马上把惭色收敛，像是冰皮快速没入水面，把注意力转到我脖子上面，试探地揉一下："疼啊？"

我闪开："没事，老毛病。"时至今日，不管你相信不相信，我已经不再习惯和任何人，哪怕是亲生父母有任何触碰。我这个冷情冷心冷肝冷肺的女人。

"哦。"她转身进了自己的房间。

我吃饭，午休，午休完毕起来做事，一气埋头到傍晚。她进来了，抱着这个枕头，说："给你枕。"

我抱着它，又笑又心疼。天知道她怎么戴着老花镜，拈着绣花针，做这项对于七十岁的老人来说十分浩大的工程。

城里人枕洋枕，乡下人枕圆枕，像这样中间掐腰的枕头我平生只见过这一个。我娘没学过历史，也没见过"孩儿枕"，不知道有个瓷做的小孩儿，跷着小光脚，趴在那里眯眯笑。她只是福至心灵，专给我这个四十岁的老姑娘做了一个"女儿枕"。我决定不用它睡觉，要安放茶室，当成清供，明黄的榻上它安详横陈，如同青花瓷盆里水浸白石，九子兰生长娉婷。

可是她说："要天天枕着睡觉啊，治颈椎病。"

母亲又走了，轻手轻脚回她的房间。

暮色四合，一室俱静。

我搂着枕头，像搂着一笔横财。

陪你五分钟

周海亮

五分钟能干什么事情？烧一壶开水，喝一杯咖啡，打一个电话，或者坐累了，站起来，活动几下筋骨，伸一个懒腰。五分钟太过短暂，很多时我们认为，五分钟根本算不上时间。——因为生命如此漫长，——因为生活太过闲散，或者太过急迫。

五分钟是他陪父亲的时间。也许五分钟，也许，远不足五分钟。五分钟是他听父亲说的，可怜的父亲将时间夸长，又将他美化。

父亲年事已高，常常忘事。睡觉前他会忘记关上窗户，忘记脱掉袜子，或者忘记关灯。甚至，有一次，临睡前的父亲突然想喝茶，他去厨房点燃燃气灶，才想起来水壶忘在卧室。他返回卧室，却又忘记了该干些什么。父亲就这样睡去，让燃气灶着了一夜。这是一个危险的信号，他认为自己有必要在临睡前检查一遍父亲的卧室。

检查。就像部队里的班长检查刚入伍的士兵，就像学校里的老师检查新入校的学生，他认为这跟"陪伴"相距甚远。他去到父亲卧室，不过想看看他是否关上窗户，是否关掉开关，是否将一杯开水放在床头。非常短的时间里，他坐在床头，与父亲闲聊几句，或者，为父亲再加上一条毛毯。然后，他替父亲关好房门，去客厅小坐片刻，或者去厨房看一下，就该睡觉了。他睡得很沉。他很累，很忙。也许五分钟对他来说，已经太过奢侈。

他真的很忙。大多时间里，他不在家里吃饭。一天里可以与父亲打上几

个照面，然他们的交流直接并且简单。——醒了？醒了。——饿吗？不饿。——药吃了吗？吃了。——去上班？嗯。——又去上班？嗯。——还去上班？嗯。那也许是世界上最简短的交流，他与父亲都不是那种健谈和善于表达的人。

可是那一天，当他下班回来，他见到正在小区凉亭和一个老哥们儿喝茶聊天的父亲。父亲端着一杯茶，对他的老哥们儿说，我儿子每天至少陪我五分钟！

语气和表情里，都充满了令他心酸的自豪。

那一刻他忆想起童年。童年里，当他参加了学校的运动会，当他学会了弹琴，当他考到了好成绩，甚至，当他玩了一整天衣服却还干干净净，父亲都是这样的语气和表情。父亲喜欢在别人面前夸他，那是父亲最大的快乐。

童年里，他喜欢父亲陪着他。他喜欢钓鱼，父亲陪着他；他喜欢滑冰，父亲陪着他；他喜欢捉蚂蚱，父亲陪着他；他喜欢躺在床上盯着天花板发呆，父亲陪着他。那时候，一天里，父亲会陪伴他多长时间？五个小时？十个小时？二十四个小时？似乎，整个童年里，父亲无时不在。

然现在，当父亲老去，当老去的父亲如同童年里的他一样需人陪、需人照顾，当父亲不过希望他每天陪自己五分钟——仅仅五分钟，可怜的父亲便心满意足，便有了足以令自己自豪的资本。然而，哪怕仅有五分钟，他也不能够满足父亲。五分钟里，他东张西望，心不在焉。

他上前，跟父亲说，回家吧！他想拥抱父亲，终是没有。

可是那天，他是牵着父亲的手回家的。就像童年里，父亲牵着他。

起身的饺子落身的面

周海亮

起身的饺子落身的面。这风俗令我幸福和忧伤。

年轻的父亲是一位石匠。石匠的概念在于健康并且强韧的身体，单调并且超负荷的劳动。石匠只与脚下的石头与手中的铁器有关，同样冷冷冰冰，让秋天的双手，裂出一道道纵横交错的血口。每个星期父亲都会回来一次，骑一辆旧金鹿自行车，车至村头，铃铛便清脆地响起了。我跑去村头迎接，拖两通鼻涕，光亮的脑瓢在黄昏里闪出蓝紫色的光芒。父亲不下车，只一条腿支地，侧身，弯腰，我便骑上他的臂弯。父亲将我抱上前梁，说，走咧！然后，一路铃声欢畅。

那时的母亲，正在灶间忙碌。年轻的母亲头发乌黑，面色红润。鸡蛋在锅沿上磕出美妙的声响，小葱碧绿，木耳柔润，爆酱的香气令人垂涎。那自然是面，纯正的胶东打卤面，母亲的手艺令村人羡慕。那天的晚饭自然温情并且豪迈，那时的父亲，可以干掉四海碗。

起身的饺子落身的面。父亲在家住上一天，就该起程了。可是我很少看见父亲起程。每一次，他离开，都是披星戴月。

总在睡梦里听见母亲下地的声音。那声音轻柔舒缓，母亲的贤惠，与生俱来。母亲和好面，剁好馅，然后，擀面杖在厚实的面板上，辗转出岁月的安然与宁静。再然后是拉动风箱的声音，饺子下锅的声音，父亲下地的声音，两个人小声说话的声音，满屋子水气，迷迷茫茫。父亲就在水汽里上路，自

147

行车后架上，驮着他心爱的二十多公斤的开山锤。父亲干了近三十年石匠，回家，进山，再回家，再进山，两点一线，一千五百多次反复，母亲从未怠慢。起身，饺子；落身，面。一刀子一剪子，扎扎实实。即使那些最难熬的时日，母亲也不敢马虎。除去饺子和面的时日，一家人，分散在不同的地点，啃着窝头和咸菜。

父亲年纪大了，再也挥不动开山锤，然我，却开始离家了。那时我的声音开始变粗，脖子上长出喉结，见到安静的穿着鹅黄色毛衣的女孩，心就会怦怦跳个不停。学校在离家一百多里的乡下，我骑了父亲笨重并且结实的自行车，逢周末，回家。

迎接我的，同样是热气腾腾的面。正宗的胶东打卤面，盖了蛋花，葱花，木耳，虾仁，肉丝，绿油油的蔬菜，油花如同琥珀。学校里伙食很差，母亲的面，便成为一种奢求。好在有星期天。好在有家。好在有母亲。

返校前，自然是一顿饺子。晶莹剔透的饺子皮，香喷喷的人馅，一根大葱，几瓣酱蒜，一碟醋，一杯热茶，猫儿幸福地趴在桌底。我狼吞虎咽，将饺子吃出惊天动地的声音——那声音令母亲心安。

然后，毕业，我去到城市。那是最为艰难的几年，工作和一日三餐，都没有着落。当我饿得受不住，就会找个借口回家，然后在家里住上一阵子，一段时间以后，当认为伤疮已经长好，便再一次回到城市，再一次衣食无着——城市顽固地拒绝着一个来自乡村的只有职高文化的腼腆的单纯的孩子——城市不近人情，高楼大厦令我恐惧并且向往。

回家，坐在门槛上抽烟，看母亲认真地煮面。母亲是从我迈进家门的那一刻开始忙碌的，她将一直忙碌到我再一次离开家门。几天时间里她会不停地烙饼，她会在饼里放上糖，放上鸡蛋，放上葱花，放上咸肉，然后在饼面上沾上芝麻，印出美丽的花纹。那些烙饼是我回到城市的一日三餐，母亲深知城市并不像我描述得那么美好。可是她从来不问，母亲把她的爱和责任，全都变成了饺子、烙饼和面。母亲看着我吃，沉默。沉默的母亲变得苍老，我知道这苍老，全因了我。

起身的饺子落身的面，我真的不知道这样的风俗因何而来。也许，饺子属于"硬"食的一种吧？不仅好吃，并且耐饥，较适合吃完以后赶远路；而面，则属于"软"食的一种吧？不仅好吃，并且易于消化，较适合吃完以后睡觉或者休息。一次说给母亲听，母亲却说，这该是一种祝愿吧！"饺子"，交好运的意思；而"面"，意在长长久久。出门，交好运；回家，长长久久，很好的寓意。再图个什么呢？

想，母亲的话，该是有些道理的。平凡的人们，再图个什么？出门平安，回家长久，足够了。

然母亲很少出门，自然，她没有机会吃到我们为她准备的"起身的饺子落身的面"。可是那一次，母亲要去县城看望重病的姑姑——本计划一家人同去的，可是因了秋收，母亲只好独行。头天晚上，我和父亲商量好，第二天一早会为母亲准备一盘饺子，可是当我们醒来，母亲早已坐上了通往县城的汽车。

头一天晚上，我几乎彻夜未眠。我怕不能够按时醒来，我怕母亲吃不到"起身的饺子"。然而我还是没能按时醒来，似乎刚打一个盹儿，天就亮了。可是，父亲的那些年月，我的那些年月，母亲却从来未曾忘记未曾耽误哪怕一次"起身的饺子"。很多时，我想母亲已经超越了一个母亲的能力，她变成一尊神，将我和父亲守护。

然她却是空着肚子走出家门的。家里有她伺候了大半辈子的儿子和丈夫，却无人为她，煮上一碗饺子。

起身的饺子落身的面。这习俗让我忧伤并且难堪。

母亲是在三天以后回来的。归来的母亲，疲惫异常。我发现她真的老了，这老在于她的神态，在于她的动作，而绝非半头的白发和佝偻的身体。走到

院子里，母亲就笑了——她闻到了蛋花的香味，小葱的香味，木耳的香味，虾仁的香味——她闻到了"落身的面"。那笑，让母亲暂时变得年轻。

母亲吃得很安静，很郑重。吃完一小碗，她抬起头，看看我和父亲。母亲说，挺好吃。

三个字，一句话，足够母亲和我们，幸福并珍惜一生。

亲人的笑脸

刘耀兰

我和妻子女儿是乐天派，可是儿子却性格内向，很少看到他的笑脸。

我正在写一篇论文，当写到"大笑防病"这一章时，便把他们召集在一块，想听听他们对本文观点的看法。

女儿说："爸爸，你的论点不太对，爷爷也是乐天派，为什么有高血压？"

我说："交感神经可以构成兴奋状态，副交感神经则是抑制兴奋。如果刺激交感神经，就会使心脏跳动加快和呼吸加速，并使血压升高。你爷爷虽是乐天派，可他脾气暴躁，只要看到报上有什么不对的事就发脾气，交感神经常处于兴奋状态，所以血压会升高。"

妻子说："你说得有点道理，那我脾气够好的，为何也有便秘呢？"

我反唇相讥道："你的脾气好？嘁……"

妻子忘了儿女们在面前，又伸手要揪我耳朵。我故意咳嗽，向她丢眼色，她这才假惺惺地在我肩头拍了拍："哎哟，你身上哪儿来这么多灰。"

女儿见状捂着嘴在偷笑。

我说："你的脾气……好是很好，可你今天担心儿子能不能找个贤惠媳妇，明日担心女儿有没有个好工作，还时常担心我……"

我看了看女儿，做了个鬼脸，把下半截话吞了回去。妻子逼着我把话说完，女儿捂着嘴笑道："算了吧，妈，你别逼着爸说，我晓得了，你也晓得。"

妻子一听这话，脸红了，不打自招地说："你尽管走得远远的，我才不

想你呢，这儿子女儿在我身边，我就够了。"

我嘿嘿一笑，接着说道："是吧，你的交感神经总是处于紧张状态，当然就会引起便秘。"

我又把话锋一转，说："我父亲有点轻微高血压，那与他年龄有一定关系，但我们都没什么大毛病，这要归功于我们都乐观。笑口常开能提高人体的免疫力，是防病的良药。乐观还有一个作用，那就是它能使家庭和睦。所以，亲人的笑脸，能带给我们物质精神双丰收。"

内向的儿子听了这番话后，半晌才说："你说得不全对，除了我不爱笑外，你们哪个不爱笑？爷爷有高血压，妈妈有便秘，妹妹三天两天叫累。"

我说："你妹妹那不叫病，是缺乏锻炼。"

女儿说："那全怪你！"

儿子说："你们生病怎么怪我？"

女儿说："你看我们笑，当然不会生病，可是我们看你整天板着脸，不生病才怪呢。从今天起，你要不给我们笑脸，我们也不会让你看笑脸，再不能害了我们便宜了你！"

儿子一听这话，也忍不住跟着我们哈哈大笑起来。

轻柔的风

卢志容

教室里一片寂静。远处树林里不时传来此起彼伏的蝉鸣，给大自然更增添了几分肃穆。我们的故事就发生在这里。

午睡铃打过好一会儿了，是热得睡不着想起了妈妈，还是想起了妈妈才睡不着，黎小媛自己也说不清，妈妈似乎总站在自己身边——当然这只是美丽的幻觉。她抬起头，见挂在天花板下的六只电风扇全都停止了转动，她知道，今天又停电了；举目向窗外望去，天空一丝风也没有，树梢一动也不动，空气似乎凝滞了；她看见全班的同学都睡着了，都睡得那么香，那么甜。她掏出手帕，揩了揩脸上的汗，重新把头趴在胳膊上，她开始用妈妈教她的办法默默地数数，催促自己入睡，谁知心里却更加焦躁起来。

突然，一阵轻柔的风从背后徐徐吹来，又是一阵，一阵，不断地吹来，吹到她身上，吹进了她的心田。她感到浑身清凉，很快便有了睡意。她安然地放松了身子，焦躁的心情也随之消失，她睡了……

就在这时，黎小媛的心里蓦地震了一下，她立刻觉察到背后的凉风不是从窗外吹进来的，而是她的班主任刘老师用扇子给她送来的。因为她在阵阵沁人肺腑的凉风中，闻到了一股她熟悉的、只有婴儿的母亲身上才有的那种诱人的奶香。她心里一阵激动，想转过身去谢绝老师的关怀——然而她却没有动，一动也没有动——她装作睡着了，她认为这是对老师最好的感谢。

　　她清楚地记得，去年夏天的一个星期天午后，也是这样闷热得令人透不过气来。她躺在家里的竹床上翻来覆去睡不着，心里焦躁不安。忽然，一阵轻柔的风从背后吹来。她知道，妈妈又拿着扇子坐在床前给她轻轻地扇了。她感到浑身凉爽，便安然进入了梦乡。当她一觉醒来的时候，只见妈妈正伏在桌旁替她裁剪一条裙子，妈妈的脸庞是那样慈祥。她悄悄地起来，拿起书包，坐到妈妈对面去做功课。妈妈抬起眼朝她微微一笑，笑得那样和蔼可亲，她也回报给妈妈微微一笑，笑得那样亲昵娇媚。母女的心是相通的，她们谁也没说一句话，各做各的事。

　　谁也没想到，两个月前的一天下午，黎小媛她们班正在上音乐课，欢快悦耳的童声在空中回荡，同学们尽情展开歌喉，全身心地沉浸在欢乐的旋律之中。这时不知是从天上还是从地下，突然传来一声沉闷的怪响，不像是雷声，也不像是山里采石的爆破声，那声音与孩子们齐声唱出的歌声多么不协调啊，令人有点毛骨悚然！伴着那怪响，大地立刻猛烈颤抖起来了，房屋在剧烈摇晃，房梁嘎嘎作响，人人前倾后仰，头晕目眩。大家一下子吓呆了，手忙脚乱，惊惶失措。只听音乐老师大声疾呼："地震了，同学们赶快疏散！离开教室！！"还没容老师喊出第二声，就听"轰隆隆"一阵巨响，整幢教学楼刹那之间倾覆了。哭喊声、求救声、呻吟声、吆喝声，乱成一片……

　　没有征兆，没有预报，人们没有任何思想准备，一场灾难就这样突然降临了。大地宁静下来了，死一般的宁静。片刻之后，四处再现一片更加混乱的局面……

　　黎小媛是三天后在帐篷医院的病床上醒来的，她的左腿被一块预制板压断了，头部也受了伤，她很痛苦。但是比起那么多遇难的人们，她还算是比较幸运的。她的身边还躺着几个同学。伤痛让她动弹不得，更让她难过的是她醒来后首先得知，学校里很多老师和同学都还埋在废墟里，其中包括地震发生时呼叫同学们赶快离开教室的年轻的音乐老师。

妈妈怎么样了？那天妈妈是站在家门口扬手目送小媛离家去上学的。她急切地想知道妈妈现在的的情况。前年的一场车祸已经夺走了她在外地打工的爸爸的生命，妈妈是她唯一的亲人了，她可不能再失去妈妈呀！可是在这如此特殊的时期，尽管谁也不忍心说出真相，却也无须掩饰了，严酷的现实无情地告诉她：她的妈妈已经永远地离开了她，没能来得及和她见上最后一面，说上最后一句话。妈妈是喊着小媛的名字离去的，就在这个帐篷医院里，就在小媛昏迷不醒的时候。心中的剧痛和极度的悲伤让小媛晕厥了过去——小小年纪就要承受如此巨大的悲痛，她被彻底击垮了。

这场灾难给人们带来的是多大的不幸啊！成千上万个鲜活的生命顷刻之间就被夺走了。不幸的是死者，更是生者，黎小媛失去了和自己相依为命的唯一亲人，失去了像她这样才十几岁大的孩子最宝贵也是最有权利享受的母爱，怎不叫她悲痛欲绝！然而小媛和地震灾区所有的孤儿一样，又是幸运的，她被内地一家好心人收养了，并且重新坐进了教室，老师就像妈妈一样爱她，同学们像兄弟姐妹一样关心她。

妈妈去了，永远地去了，给小媛留下的只有美好的记忆。可是此时此刻她背后送来的风却和妈妈送来的一样轻柔，一样凉爽。她真想回过身扑到刘老师怀里叫一声妈妈——然而她却没动，一动也没动，任轻柔的凉风徐徐吹来。两滴泪珠从她眼里滚下来，沿着面颊滴落到课桌上。

黎小媛睡着了，脸上挂着神往的微笑，睡着了……

人们为她的不幸感到痛心，也为她生活在这样的时代而感到欣慰。

少年和母亲的秘密

王月冰

　　他自幼家贫，父亲老实本分，母亲高度近视。他遗传了母亲的近视，在20世纪80年代的偏远农村，戴厚厚镜片的眼镜要遭人嘲笑。他不敢戴眼镜，父母也无钱给他到县城配眼镜。浓重的自卑，加上无法看清黑板，他的成绩总是倒数第一。只读了小学四年级，他便退学了。他的早早辍学，又成为村人嘲笑和鄙夷的理由。

　　他成为更加内向、自卑、沉闷的少年。母亲安慰他，带他外出劳动，砍柴、农作，他总是一言不发，默默地做事。

　　有一天，村里突然出现不少假钞票，有人说是来自村中收猪的小贩，是小贩带来的假钞。可是等大家发现，时间已经过去好久，小贩不再承认。他的母亲从别人手中买了一张假钞，悄悄躲在屋里研究起来。

　　这天，小贩到他家来买猪。结账的时候，小贩对他母亲说："你可把钱看准了，出了你的家门钱出什么问题我们就不负责任了。"母亲口中"哎"着，说："那我要给我儿子看看，他才能看准。"他在屋内忙碌，小贩看着他母亲走过去低低地跟他嘀咕了几句，并把钱给他数了下。然后，母亲拿着钱转身过来，对小贩说："我儿子说了，你这里面有三张假币。"母亲拿出那三张假币，又一五一十地指出假币的问题所在，最后当着在场的村民自豪地说："幸亏我儿子厉害，否则这次又被骗了。"小贩乖乖地给母亲补了真币，村民们热闹地传开了，在那时候，村中能识假币的人可真是少，没想到向来被人嘲笑、高度近视的他这么快就识别出了假币。从此，大家对他的态度改变了很多，觉得以前可真是小看他了。

他倒是很疑惑，因为母亲明明只是要他数了一下钱，母亲跟他说她不会数数，要他帮忙数一下，他压根儿就不会识假币，那些假币都是母亲自己识别出来的，她在家中悄悄拿着真假人民币对照研究了好久。对于他的疑惑，母亲只是笑笑，响亮地说："傻儿子，就是你告诉我识假币的呀，你很棒的，你应该相信自己！"

农忙时节，母亲会半夜悄悄起来插秧，然后自豪地告诉别人："你看，我儿子一大早就插这么多秧了，他做事比一般人快多了。"

岁末，母亲走几十里山路去镇上，请别人帮忙写很多对联，深夜里摸黑背回家，第二天贴出来，告诉村里人："看，我儿子写的呢，还有好多，送些给你们吧，反正他就是举手之劳而已。"

……

慢慢地，村里人开始用敬佩、赞扬的眼光看他，他觉得他迷茫模糊的世界，因了母亲的这些谎言，突然一点点清晰明亮起来，心中有股劲不由自主地缓缓酝酿。

这天，母亲要他陪她去县城。他们去了一个家具厂，母亲跟家具厂的销售人员说想要买几件质量不怎么好的木器。工作人员带他们来到仓库，说："这里很多都是质量不太好的，你们自己挑。"母亲选了几件虽然不很成熟但是挺有创意的家具。然后故意待到天黑，娘俩担着家具往家赶，走了差不多整整一个晚上。看着母亲越走越蹒跚的步伐，越来越沉重的身影，少年问："妈，这些家具是我做的吧？"母亲疲惫地笑笑："当然是你做的，你可以做出来呀，儿子，妈相信你！"

少年停住了脚步，泪水夺眶而出，他把家具放下，要母亲也把家具放下，说："妈，您错了，这些家具不是我做的。"母亲急了："孩子，妈没错，

它们就是你做的，你能做出来！"少年在黑暗中抱住母亲，声音激动："妈，对的，我能做出来！可这些都不是我做的，因为我做的肯定会比这些好很多！我也相信自己！"母亲紧紧地紧紧地拥住孩子，哽咽："我的好儿子，总算妈没有白费心，我就知道我的儿子聪明、能干，不会让我失望！"

少年和母亲丢弃了那些家具，无比轻松地回家了。第二天，他去了县城的家具厂当学徒，带着一颗从未有过的自信之心。

如今，少年已是大都市里几家大型家具厂的老板，他成为很多人啧啧称赞的对象，更是不少家长拿来教育孩子的楷模。他却在心里默默地说：了不起的哪里是我，明明是我的母亲！

生命从来不是靠自己长大的

清心

母亲生我时早产。由于早产儿脂肪少，体温很难维持恒定，这样下去，会影响各个器官的正常发育。那个年代，卫生院根本没有恒温设备。全家人正一筹莫展之际，母亲突然坐起来，眼睛亮亮地说："我有办法！"只见她迅速解开衣扣，示意父亲把我放进去。母亲搂着我，目光泊满了疼爱："我的怀抱就是女儿的保温箱，以后，我在哪里，女儿就在哪里，这叫母女连体。"说着，她又扯过一条棉被裹在身上，在棉袄和棉被的夹层，又让父亲放了两个装满热水的瓶子……

就这样，我这个随时可能夭折的早产儿，在母亲温暖的怀抱里，喝着她甘甜的乳汁，幸运地活了下来。

三岁那年，我在院中玩耍时不慎掉入水井里。听到声音后，母亲箭一般地冲到井口，匆匆说了句："别怕，妈妈来了！"抬起脚就跳了下去。井水已经漫过她的脖颈，她一边大声呼救，一边拼命托起我……当闻声赶来的邻居用绳子将我们拉上来时，母亲紧紧地把瑟瑟发抖的我抱在怀里，一边流着泪自责，一边忙不迭地仔细检查我的身体。

长大些，听外婆讲起这件事，我吃惊地问母亲："妈，你难道不害怕吗？那可是水井啊，弄不好会淹死人的！"

母亲慈爱地笑了笑，摸摸我的头说："闺女，等你做了母亲就明白了。"

我心里纳闷儿，难道，做了母亲就不怕死了吗？

八岁左右，我患了严重的便秘，中药西药吃了一大堆都无济于事。一天，我把吃奶的劲儿都用上了，还是没有拉出来。脚蹲麻了，屁眼疼得不敢动，力气像是用尽了，浑身软绵绵的。不知过了多久，终于盼到门口有了响动。母亲下班了！似遇到了救星，我"哇"的一声哭了。

母亲三步并作两步跑过来，一边埋怨我喝水少，一边弯下身查看我的屁股。然后，耳边传来她哽咽的声音："已经脱肛了，别再使劲了。"接着，她一边安抚我别怕，一边趴在地上，先是帮我把直肠轻轻推进去，又用手帮我把大便一点一点抠出来……

母亲是个非常爱干净的人。每次，锅碗瓢盆至少刷洗三遍，我们穿的衣服不允许有一个污点。家里总是窗明几净，甚至，连灰砖铺就的院子亦找不到一片废纸屑。母亲把自己打扮得亦是清爽洁净。短发几乎天天洗，手指甲脚趾甲总是修剪得干净整齐。最令人羡慕的是她的牙齿，细碎如钻，莹润洁白，满大街都很难再找出第二个来。

可是，就是这样一个干净到洁癖的人，竟没有丝毫犹豫地趴在地上给我抠大便，整整忙活了一个多小时才抠干净。最重要的是，从头到尾，她的表情非常自然，目光中看不到一点嫌弃。

后来，我们谈起这件事，母亲慈祥地说："都急得火烧眉毛了，还讲究个啥？况且，你本来就是妈一把屎一把尿拉扯大的，在我眼里，你浑身上下都是香的，有时你睡着了，我还悄悄亲你的小脚丫呢。嘿嘿，当妈的就是没出息哦！"

我的眼睛突然就湿了。是啊，自古父母多痴情，可是，当他们渐渐老去，我们这些做儿女的，能够反哺给他们的，又有多少呢？

还有，十岁那年，我吃饭时把鱼刺卡在了喉咙里，是父亲一会儿让我大口喝水，一会儿又让我咕咚咕咚喝醋，想尽办法最终帮我弄了出来；十三岁时，我不小心掉进了湖里，眼看就要没命了，外婆扑通一声给路过的渔民跪下，头如捣蒜请求他救救我；十八岁时，我出了车祸急需输血，是父亲急匆匆跑来，不顾自己多年患有低血压，一下就抽了 400 毫升给我……

　　不禁感叹，生命能够活到现在，真不容易啊！可以说，一个又一个危险，如同唐僧取经路上的八十一难，哪怕仅仅有一个坎儿过不去，今天，我也不可能安安稳稳地坐在这里。好在，伴随着危险的，是一次又一次的幸运。那些来自亲情的，因爱而产生的幸运，如同甘露滋润着我，让我有信心和力量，把生命盛开成最芬芳的一朵花。

　　请记住，生命从来不是靠自己就能长大的，它凝聚了很多亲人的付出、深爱和努力。所以，无论何时何地，我们一定要懂感恩，知珍惜。

生日礼物

侯拥华

十八岁生日那天，他收到了一份独特的礼物——那份礼物于他有着特殊的意义。

其实，十八岁生日远未来临，他就做好了种种"安排"——让开出租车的父亲给他一大笔钱，他要大大方方地请同学们一块儿出去开一个热闹开心的party。他还预想了当时热闹的场面——在一个大酒店里，餐桌上放着巨无霸生日蛋糕，蛋糕上点燃十八根生日蜡烛，在一阵欢呼声中，同学们将他团团围住，一同为他唱生日快乐歌……迪厅中，他们载歌载舞地狂欢……

然而，十七岁那年，他生日临近的时候，家里出了变故。先是父亲遭遇车祸住进了医院，接着便是母亲下岗，家里很快就陷入了前所未有的经济危机之中。为了给父亲看病，家里早已债台高筑。为照顾医院里父亲和家里的他，母亲整日忙碌，在医院和家之间辛苦地来回奔波。

于他来说，十八岁，人生最重要的生日，就这样注定要平淡无华地度过。那些盘桓在他脑海中的种种生日设想，也因此将成为泡影。

十八岁生日到来的那天清晨，他早早起了床。起床后，才发现母亲已经出去了。他无奈地自己学习准备早餐，草草吃了几口，就匆忙地赶往学校。中午回去的时候，家里依然冷冷清清，没有母亲的踪影，一赌气，他不吃饭走了。他猜想母亲一定是为父亲的医药费筹钱去了。因为，最近他听母亲说过，父亲的医药费就要用完了，如不马上续上，很快就会被停药。这对于正在治疗期的父亲来说，无疑是极为不利的。他能理解母亲的苦衷，但他还是有些不悦——18岁生日，于他，这么重要的日子，母亲竟然忘记了。

那天晚上，他很晚才回去。几个要好的同学为他买了许多生日礼物，并凑钱为他过了一个简单的生日。但他还是很失落。之后，他就一个人悲伤着在街头漫无目的地游荡。

当他推开家门时，他发现母亲正在厨房里忙碌着准备晚餐。厨房里正升腾着热气，不时响起勺子和炒锅的碰撞声。他心头一热，知道母亲并没有忘记他的生日。这时，他忽然就看到了父亲的身影——坐在卧室的床上，用温和的目光静静地看着他。他终于明白了，不但母亲没有忘记他的生日，就连平常粗心的父亲也惦记着他极为珍贵的十八岁生日，并拖着生病的身子赶回家和他一起过。看着疲惫忙碌的母亲和虚弱憔悴的父亲，他眼底忽然有泪光闪烁。

母亲的饭菜很快就准备好了。他们全家围坐在一起开始吃饭。那桌饭菜，没有他预想的那样丰盛，而母亲和父亲在用餐期间，自始至终也没有向他说一句生日祝福的话语，可是他还是从中发现了些特别的地方——父亲平生第一次那么平和地望着他；母亲第一次用一个大碗为他盛饭，而这之前，他吃饭用的从来都是小碗。

他和父亲对坐着。他发现，父亲的面前放着的是他早晨还用着的小碗，而他面前，放着的却是父亲经常用着的大碗。

望着父亲母亲温和愧疚的目光，他内心深处一片温暖——那个大碗，他觉得，是他收到的，最好的十八岁生日礼物。

属于儿子的八个烧饼

周海亮

　　母亲上了火车，倚窗而坐。她将头朝向窗外，一言不发。火车厢里闷热异常，然而母亲似乎毫无察觉。她要去一个遥远的城市，她需要在座位上，坐上一天一夜。

　　乘务员的午餐车推过来了。母亲扭头看了一眼，又将脸转向窗外。

　　母亲保持这样的姿势，直到晚餐车再一次推过来。这一次，母亲终于说话了。她问卖晚餐的乘务员，盒饭，多少钱一份？

　　十块！

　　最便宜的呢？

　　都一样，十块！

　　哦。母亲欠欠身子，表示抱歉。她将脸再一次扭向窗外。黄昏里，一轮苍老的夕阳，急匆匆地落下山去。

　　母亲已经很老了。她似乎由皱纹堆积而成。新的皱纹无处堆积，便堆积到老的皱纹之上，皱纹与皱纹之间，母亲的五官挣扎而出。那是凄苦的五官，凄凉的五官，凄痛的五官。母亲的表情，让人伤心。

　　母亲身边坐着一位男人。男人问她，您不饿吗？

　　哦。母亲说，不饿。

　　可是男人知道她饿。男人听到她的肚子发出咕咕的声音。男人想为母亲买上一个盒饭，可是他怕母亲难堪。

即使不饿，您也可以吃一个烧饼的。男人说，中学时候，我们把烧饼当成零食……您烙的吧？

男人指指桌子，桌子上，放了一个装着八块烧饼的塑料袋。烧饼烙得金黄，摞得整整齐齐。似乎，隔着塑料袋，男人也能够闻到烧饼的香味。

哦，我烙的。母亲看一眼烧饼，表情起伏难定。捎给我儿子。

他喜欢吃烧饼？

喜欢。母亲说，明天七月七，你知道，七月七，该吃烧饼的。

他一下子能吃八个？

能呢。他饭量很大。他在家吃的最后一顿饭，就是我烙的烧饼。他一口气吃掉八个。这孩子！怎么吃起来没个够？

母亲的目光，突然变得柔软，似乎儿子就坐在她的面前，狼吞虎咽。

他在城里？

哦。

因为明天七月七，所以您给他送烧饼？

哦。

您坐一天一夜的火车，只为给他送八个烧饼？男人笑了，我猜您是想进城看他吧？烧饼只是借口……

哦，咳咳。母亲说。

他该结婚了吧？男人看一眼母亲的脸，说，他在城里干什么？我猜他当官。我有个儿子，也在城里当官。他也很忙，几乎从不回家。有时我想他了，就找个理由去看他。比如，烧饼。不过他饭量很小，别说八个烧饼，一个他也吃不完。男人耸耸肩，笑着说。

母亲看着烧饼，不出声。

反正烧饼只是借口，男人说，您为什么不吃上一个呢？

不可以。这是儿子的八个烧饼。

但是现在，这还是您的烧饼……

不。这是儿子的八个烧饼……

男人无奈地摇摇头，不说话了。火车距终点站，还得行进十二个小时，他知道，这位母亲，必将固执地守着她的八个烧饼，一直饿到终点。

……

母亲下了火车，转乘公共汽车。汽车上，母亲仍然守着他的八个烧饼。汽车一路向西，将母亲送到一个距离城市很远的地方。母亲下了汽车，步行半个小时，终见到他的儿子。她将八个烧饼一一排出，四十多岁的儿子，便捂了脸，然后，泣不成声。

儿子身着囚服。身着囚服的儿子，在这里熬过了整整二十年。整整二十年里，每逢七月初七，他的一点一点走向苍老的母亲，都会为他送来八个金灿灿的烧饼。

说声谢谢并不难

侯传金

中午放学后，牛小亮回到家，爸爸已给他做好了饭，正要准备出门。牛小亮就跟爸爸说：“昨晚上没睡好，中午我得午休，一点半我要到校，你要早点喊我，下午一点四十分就要进行成人宣誓，老师说过时不候。”老牛说行，只是他还要出门送趟水，因为有好几个地方催着要水呢。最后，老牛保证说，他一点半前尽量赶回来。

牛小亮吃完饭就睡了，等爸爸把他喊起来，一看表，急了，他埋怨说：“让你喊我，你怎么这么不守信用？”老牛瞅瞅表，现在已是一点三十分了，离宣誓时间只有十分钟，去学校还有三里路，骑自行车显然是不行了。牛小亮急得一跺脚，“哇”的一声哭了，老牛边喘粗气边撸了把脸上的汗水说：“要不我去喊辆出租车来。”牛小亮一噘嘴说：“停放出租车的地方，离咱这儿得有一里路，等你喊来黄花菜都凉了。”老牛真想不出其他办法了，急得直搓手。

这时，一辆轿车“嘎”地停住了，里面的人打开车门喊了声：“老牛，快让孩子上来。”老牛一看，感激地说：“谢谢刘老板了。”

待牛小亮放晚学回家，见到爸爸高兴地说：“多亏刘老板把我送到会场边，才没晚。爸，这个刘老板跟你是啥关系？”

“啥关系？人家是公司老板，我是个送水工，就这个关系。”爸爸回答。

牛小亮又问：“那他为什么送我？”老牛干咳了一声说：“我也不知道！”

牛小亮就说："人家跟咱没一点关系，嗨！竟开车送我，这人真好！咱该谢谢人家才对。"老牛听完，点头表示同意。

可该怎么谢人家呢？爷俩商量了一下，决定由老牛负责买些水果去见刘老板，当面致谢。

次日放午学，牛小亮一进家门就问："爸，那事儿办了吗？"

老牛一指桌子上的水果，说："刘老板不接受谢意，他说得你去，他才接受。明天是周日，你下午不上课，我领你去。"牛小亮疑惑地问："他为什么非要我去呢？"老牛摇摇头，表示不知道。

周日下午，老牛爷俩去了刘老板的公司。

刘老板很高兴，忙招呼爷俩坐下。老牛趁机捅牛小亮一下，小亮忙把爸爸在家教他的那些话说了一遍："刘老板，谢谢你，要不是你，那天'宣誓'就晚了，要知道成人宣誓对于我们很重要呢！"

刘老板听完，露出了一脸的郑重，说："小亮，其实我让你来，就是想亲口告诉你，你不该谢我，应该感谢另一个人！"

"另一个人？谁？"牛小亮问。

"远在天边，近在眼前！"刘老板一字一顿地说。牛小亮眨巴眨巴眼睛，想了一下，扑哧一声笑了："刘老板让我猜谜语呢，那个人不就是你吗？！"

"唉！我怎么跟你讲，你才明白呢！"刘老板轻叹一声，指了一下老牛说，"我说的这个人就是你的爸爸！"

"什么，是我爸！为什么？"

刘老板拉牛小亮坐下，就把为什么要送他去学校的缘由讲了。原来，昨天中午老牛给刘老板送水的时候，浑身衣服湿透了，刘老板问老牛怎么啦，老牛说送完水他得回家喊孩子起床，参加成人宣誓活动，可惜三轮车坏了……说完就跑了。老牛经常给刘老板公司送水，刘老板知道他下岗好几年了，妻子又早年过世，独自拉扯着儿子艰难度日……看老牛佝偻着腰跑动的身影，

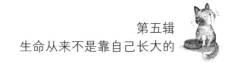

刘老板心里一热，就拿起了车钥匙……

刘老板讲完，抚摸一下牛小亮的头，又说："我作为一个外人，帮了你一把，你就觉得心热，要感激我，可是你爸爸从小把你拉扯大，多不易呀！你也许从没说过一句感激他的话。你现在是成人了，应该会思考事情了，其实你最应该感谢的人就是你的爸爸啊！"

这时的牛小亮已是泪流满面。

片刻过后，他冲老牛鞠了一躬，缓慢地抬起头，深情地喊了一声："爸爸，谢谢您！"

老牛身子一颤，看看儿子，笑笑，两串水豆子从眼里流了出来。

四个字的家书

周礼

这件事发生在大三那年的夏天。临近放暑假时，同学们都显得特别兴奋，一边哼着歌儿，一边收拾行装准备回家。而我却坐在床上纹丝不动，脸上明显夹杂着几分无法掩饰的失落。每个学期结束的时候，都是我最难过的时候。大学三年我没有回过一次家，都在校园附近做家教，或打短工。

要说我不想家，不想家中的父母，那一定是假话。谁不想每天一睁开眼，就听到父母亲切地呼唤，孩子，快起来吃饭了。我无时无刻不思念着自己的家乡，惦记着家乡的父母。又尤其是在学校放假，寝室里空无一人时，我这个在外省读书的学子，比别人更多了一层化不去的乡愁，比别人更懂得家的意义。我想家，但我不能回。

我是一个贫困大学生，为了节省往返五六百元钱的路费，更为了能在假日里多挣点儿生活费，减轻父母的经济负担，我不得不忍受着想家的痛苦，孤独的侵蚀。我常常在同学的面前装作满不在乎的样子说，回家有什么好呀，大不了每顿能吃点儿好的，一路上赶车人都挤死了，倒不如留在学校轻松。

我羡慕地注视着室友们忙碌的身影，感觉眼里有泪水在打转。正当我打算避开这种让我既羡慕又伤心的场景时，一位从外面进来的同学朝我喊道，老三（在寝室里我排行第三，大家都叫我老三），有你一封信。

都放假了谁会给我写信呢？平常为了节省几个邮票钱，我压抑着自己不与别人联系，即便中学时的同学给我写信，我也很少回复，久而久之，就基

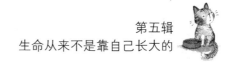

本上没人给我写信了。我疑惑地接过信，一看地址是老家的，慌忙拆开。整封信只有四个字，并且写得歪歪斜斜，大小不一，内容是：妈妈想你！

那一刻，我所有的坚强都在瞬间坍塌了，我一遍又一遍地读着母亲写给我的信，直到泪水模糊了我的视线。这是我至今收到的唯一一封家信，尽管只有短短的四个字，但它却给我带来了无尽的温暖，也让我体会到了一位母亲伟大的爱。

这是母亲的亲笔信。母亲是一个文盲，既不识字，更不会写字。早些年，我曾试图教母亲识一些字，但母亲说，每天这么多事情，谁有那个心思啊，再说大半辈子都过了，识不识字又有什么关系呢？我不知道现在母亲是从哪儿来的勇气和决心，竟然学会写字了。那年暑假我破例回了趟老家。

后来，我听读初中的堂弟说起，我不在家的日子，母亲非常想念我，想给我打电话，但又心痛昂贵的长途话费。于是，每逢周末母亲就央求堂弟教她识字，这样她就可以给我写信了。虽然母亲十分努力，但她拿了大半辈子锄头的手，总是不听使唤，学了很久也只会写几个字。

许多年过去了，每每翻阅着母亲写给我的那封家信，心里总有一种无法言说的幸福。

锁进柜子的红苹果

程应峰

红苹果，多么诱人的食物，它不仅有食用价值、美学价值，有时候，它是牵挂的元素、思念的载体。牛顿因为对苹果情有独钟，惬意地坐在苹果树下，才从树上掉落的红苹果发现了万有引力的；而我呢，则从烂掉一半的红苹果悟出了人世间的至爱亲情。

那天傍晚，我买了一提兜苹果回家，儿子见了，嘴一撇，又是苹果，都吃厌了。我说，苹果有什么不好？你身在福中不知福，我们小时候可是没得吃的，它不仅好吃，好看，还联系着许多奥妙呢？牛顿不是从树上掉下的红苹果发现了万有引力定律吗？儿子听我这一说，凑上来神秘兮兮地问，原来是这样，你才对苹果一往情深啊！我说，当然不是，牛顿的苹果是脱俗的苹果，我买的苹果是给你解馋的苹果，不过，我给你讲个故事，你兴许可以从故事中悟到点什么，发现点什么。

在鄂南极偏僻的一个山村里，紫梅的丈夫英年早逝，留下她与女儿依琳相依为命。紫梅是很要强的人，穷扒苦做送依琳上学，依琳也很争气，高中一毕业便考入了重点大学。为凑足学费，紫梅上下奔波白了头。一晃几年过去，依琳大学毕业留在江城，参加工作拿到第一笔薪水后留下生活费，余下的如数寄给了紫梅，同时写信说要在国庆节回家看看。紫梅收到信和汇款单后，翻山越岭来到十里开外的小镇，取出生平头一次接触到的最大一笔款项。因难得出门一趟，紫梅在小镇上购置了一些日常用品。转到水果摊前看到一个

172

个惹人嘴馋的苹果，便想起过去的岁月里，因为贫穷，依琳难得吃上一个苹果。在紫梅的眼里，苹果算得上世界上最好吃的东西之一了。想着自己心爱的女儿，紫梅爽快地买下了几斤又大又红的苹果。

回家的路上，紫梅肩挎手提，甚是吃力，只好走一程歇一程。一路下来，紫梅累得不行。爬上最后一道山坡，离家不远了。哪想天不作美，下起绵绵细雨来，紫梅加快了回家的步伐，一不小心，被一块凸出的石头绊了一跤，提在手中的苹果随之脱落，撒了一地，瞬间，便滴溜溜顺着山崖滚落得看不见踪影。紫梅爬起身，不管不顾地顺着苹果滚落的方向，扒开荆棘和杂草仔细寻找起来。衣服挂破了，手被划出了很多伤口，紫梅顾不得这些。好长时间，她才带着一身泥水，怀里揣着几个找回来的苹果从乱草丛中钻了出来。

回到家，紫梅将苹果一一洗净放在饭桌上的托盘里。又大又红的苹果很诱人，紫梅很想尝尝苹果久违的滋味，可每每拿到手上又放了回去。她想依琳再过十多天就要回家了，便打消了吃苹果的念头，干脆一股脑儿将苹果锁进了柜子。

国庆节那天，依琳如期回家。紫梅那个高兴啊，就甭提了，她忙不迭地打开柜子取出苹果。依琳一瞧，苹果烂了多半，便说，妈，苹果买来怎么不吃，留着让它烂啊！紫梅说，以前你在家难得吃上，你说要回来，妈才舍不得吃给你留下的。依琳打开旅行包，妈，我的记忆中您是很少吃苹果的吧，这次我特地带了一些上好的苹果回来，让您饱饱口福。紫梅一见，说，那你就别吃这些烂苹果了。依琳娇嗔地说，妈，您吃我买的，我吃您留的，因为这是您专门留给我的啊！

故事讲完了，我问儿子，故事中烂了的红苹果味道怎么样？儿子说，味道当然不错。我说，苹果烂了，味道怎么还不错呢？儿子说，因为是她母亲舍不得吃，专门留给她的啊，那里面埋藏着亲情的味道呢。我说，儿子，你长大了，那当然不是普通的烂苹果，那是人生记忆中幸福的红苹果啊。

通往春天的雪路

侯拥华

他是父亲最小的儿子，本应该受到父亲最多的娇宠，可他顽劣的秉性却让父亲极为反感。

他调皮捣蛋，不是和别的孩子打架，就是带领一帮孩子去偷别人家的西瓜或是蔬菜。他的顽劣，常常招致别人一番恶毒的谩骂，甚至还让人家找到家里来，指着父亲的鼻子说父亲的不是……屡教不改后，无奈的父亲只好用拳脚来教训他。

他成了父亲的"心腹之患"。

还记得那年的冬天，十几岁的他独自一人偷跑到山里打野兔，一走便是一天一夜。那次"行动"，他是为了帮助父亲解决家里的温饱问题——家里的粮食快吃完了，许多天，他们全家都是饥一顿饱一顿。回来时，肩头扛满了猎物的他，一脸自豪地站在家门口向父亲炫耀，原以为会得到父亲的一番夸赞，而父亲的表现令他大失所望。父亲气得浑身颤抖，大发雷霆，从身边捡起一根木棍，挥舞着就向他打来，一棍子将他打翻在地。而他，咬着牙，怒目而视，一声不吭，泪水却顺着脸颊悄悄淌了下来。

那个雪夜，生性倔强的他赌气从生他养他的小山村出走了。带着仇恨与不满，带着倔强与失望，走出了大山，也走出了父亲的视野。

多年后，他在外面结婚生子，成家立业，有了自己的一番天地。但他常常会在寂寞的夜里想念起故乡，想念起亲人来。

　　时间过得真快，转眼间离家已经十五年。那是一个冬天的早晨，他收到了一封几经辗转才捎来的信。信缄着口，收信人一栏写着他的名字。原来，那是一封他期盼已久的家书。

　　拆开看，信是哥哥写的，发黄的纸张，密密麻麻的文字，写满了思念之情。哥哥在信尾，很谨慎地道出心思——恳请他早日回家。

　　那封家书，被他攥在手心，生生浸湿了。睡前，媳妇见他轻轻将信装好，无奈地压在了枕下。然后，生活依旧。可后来的他却日渐憔悴起来。他的眼前，总也挥不去父亲当年挥舞木棒大声斥责他的身影……那年的冲突和不辞而别，一定成了父亲心头不解的仇恨，父子间早已有了不融的坚冰。他始终无法鼓起回家的勇气。回去后，怎么面对自己年迈的父亲啊？……他想，父亲始终是不喜欢他的。每当想到这里时，他总会无奈地摇头叹息。

　　那年临近春节的日子里，城市郊区偶尔响起的鞭炮声一下子惊醒了他所有儿时的记忆，四处飘散的年味又勾起了他浓烈的乡思。每次外出，当看到旁人与亲人其乐融融的团聚情景时，他总会暗自落泪。

　　在一个大雪过后的黎明，他终于决定独自驱车，赶回家乡——他只是打算到村头看看，看看生他养他的小山村，家门他是不会进的。

　　出发那天，天还没有亮，可一整晚的大雪已经将路封住，通往山区的公路，囤积着厚厚的雪，他的车缓慢地在路上攀爬。一路上，浓烈的悲情漾在脸上，他的心头翻滚着复杂的滋味。

　　几个小时的艰难跋涉后，通往家乡的路就在眼前了。

　　车绕过一座山头，一拐弯，就进了通往村庄的山路。令他惊奇的是，眼前那条通往村庄的路，早已被人清扫出一条窄窄的道儿。那路曲曲折折，连绵不断，一直延伸到村庄里。看样子，路像是刚扫过，竹扫帚的扫痕，还清晰可见。他的眉头皱了起来。

　　一路驱车，长驱直入。村外静悄悄的，没有过往的车辆，他很顺利地将

车开到了村头。不能再往前开了，再往前就会被村人发觉的，这不是他此次回来的初衷。他这样告诫自己。

然而，那条被人清扫过的路一直在眼前延伸，鬼使神差地吸引着他往前走。

不经意间，车进村了。

整个小山村还沉浸在早晨的寂静中，只是风呼呼刮过，鬼叫一般。眼前，不远处，清扫出来的雪路已经走到了尽头——在一户人家的门口，休止了。这时，他看见一位老人，满头银发，一脸沧桑地站在家门口。老人一只手支着竹扫帚，另一只手正不停地拭着额头的汗，而目光正从家门口伸向清扫出来的雪路远方……

那一刻，他愕然，僵住，然后泪流满面。

第六辑
我愿意给你我的生命

　　这就是命运吧，感受着掌心的清凉，他暗暗下了决心，母亲已经为自己撑了二十年伞，今后的日子，就让自己为母亲撑一辈子伞吧。

脱了蟹壳才有肉

李良旭

现在我还记得孩提时第一次吃螃蟹的经历。母亲将螃蟹烧熟后端到桌子上，我看到那些泛着金色光芒的螃蟹，身子硬邦邦、坑坑洼洼的，还张牙舞爪地伸出坚硬的细胳膊细腿。我兴味索然地说道，这螃蟹一点肉也没有，肯定不好吃。

母亲拿起一只螃蟹，对我说道，螃蟹外观看起来很清瘦，看不到肉，只是因为它有一个坚硬的外壳，只有脱了蟹壳才有肉。母亲说罢，剥开一只螃蟹的外壳，里面果然有一层厚厚的嫩肉；咬开那些细胳膊细腿，里面也有一条白嫩嫩的肉条，上面一点刺也没有。将蟹肉蘸上醋，放进嘴里，顿觉味美鲜嫩，余香绵绵。我不禁连声说道，真好吃！

从此，每当到了丹桂飘香的季节，我就嚷着叫母亲给我买螃蟹吃。母亲每次将烧好的螃蟹端上桌，总是对我说道，脱了蟹壳才有肉。

渐渐地，我吃螃蟹越来越有经验了，脱壳吃肉，一气呵成。

上学了，我认识了许多同学，许多人成为了我的好朋友。但有一个绰号叫"调皮大王"的同学，我很瞧不起他，觉得他不好好学习，只会调皮捣蛋。我常对母亲说起"调皮大王"，口气里满是轻蔑和不屑。

母亲听了，皱了皱眉头，说道，脱了蟹壳才有肉。一个人不能只看他表面，他内在的东西才是最重要的。

母亲淡淡一句话，让我一下子愣住了。心想，一个人也有一层坚硬的蟹

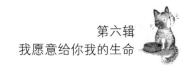

壳吗？

一天放学，"调皮大王"斜挎着书包，和几个同学正在路上嘻嘻哈哈地走着。突然，他闪电般冲到前面去，将前面一个女学生用力推到一边。刹那间，一辆小车擦着"调皮大王"的身子开了过去。好险啊，如果不是"调皮大王"将那个女学生用力推到一边，女学生一定会被那辆小车撞倒。

女学生惊愕了好一会儿，才明白过来。她眼含泪花走到"调皮大王"跟前，不停地说着感激的话，还轻轻地拥抱了他。

我惊讶地发现，平时总是一副玩世不恭样子的"调皮大王"，此刻竟面带羞涩，局促不安起来，像个小姑娘。

从此，"调皮大王"像变了个人似的，不再调皮捣蛋了，他学习刻苦，还经常帮同学做好事，后来，他还考上了一所名牌大学。

工作后，一次回家看望母亲，母亲问起我的工作情况。我说单位里的一个老科长好像对我有看法，处处为难我，不停地叫我干这干那，真不是个东西。

母亲静静地听着，当她听到我的语气里满是牢骚和怨言，淡淡地问了我一句，你脱下他的蟹壳了吗？

我听了一愣，好熟悉的一句话啊。孩提吃螃蟹时，母亲对我说的那句话，又在耳旁响起。母亲又说道，你还记得你小时候上学，你们班上的那个"调皮大王"吗？当别的同学遇到危险，是他挺身而出，救了人家小姑娘。如果当时要是你，你能像"调皮大王"一样挺身而出吗？

母亲的一席话，说得我耳根子发热、脸发烫，心里像十五只吊桶打水——七上八下。

后来，老科长要退休了，我被提拔为科长。老科长告别时，握着我的手，深情地说道，年轻人，当初我对你严肃，给你压担子，甚至有点不近人情，就是想让你早点成熟起来，现在我的这个目的达到了。

那一刻，我不禁五味杂陈，眼睛里闪烁着激动的泪花。原来当初老科长

对我严厉有加，是想让我早点成熟起来，独当一面啊。当脱下他的蟹壳，我才看清了他柔软的内心。

感谢母亲，教会了我待人处事的一个基本道理。永远不要轻易地去评论一个人，哪怕那个人对你很不友好。当脱下他的蟹壳，也许看到的会是另一种灿烂和锦绣。

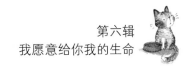
微笑的向日葵

周莹

　　春天的夕阳，格外的温暖。她坐在门前的橘子树下，看着奶奶在田里播种向日葵。向日葵是奶奶最喜欢的植物。奶奶说过无数次，向日葵叫太阳神花，也叫朝阳花，因为它总是充满快乐地朝着太阳微笑。

　　围着奶奶转的她，今年十二岁，名字叫雅君。父亲亡故，母亲改嫁他乡。她一直和年迈的奶奶相依为命。自从母亲改嫁后，她就不会微笑了。她虽然长得眉清目秀，但是缺乏一点让人心生怜爱的微笑，邻居们都说她是个异常忧郁的女孩。

　　家庭没有发生变故之前，奶奶一直种植向日葵。家庭发生了这么大的变故之后，奶奶依旧种植向日葵。

　　她一直想不明白的是，向日葵是一种非常平凡的植物，既没有桂花的芬芳，也没有杏花的娇艳，可是，奶奶确实无比地钟爱它。奶奶说向日葵是一种坚强的植物，它在面对风雨的时候，从不气馁，只是微笑。

　　奶奶和她看着那些幼小的向日葵慢慢长大。烈日炎炎的六月，向日葵开始开花了。奶奶到田间拔草，她就跟在奶奶身后。奶奶在骄阳下，累得汗流浃背，她却躺在向日葵地中间的那块石头上，望着天空发呆。

　　过了一会儿，她听见奶奶拔草的声音消失了，扭头一看，奶奶用手拉着葵花茎秆，满是皱纹的脸对着嫩嫩的花盘，洋溢着幸福迷人的微笑。忽然之间，她就"扑哧"笑了。可惜这种笑声太小了，只有她自己听得见。也许，身边

的向日葵听见了她的微笑，那一刻，她看见身边的株株向日葵，就像整齐的哨兵一样，一起向她微笑。

她在心里暗想，也许，奶奶就是一株精神饱满的向日葵。因为，从小到大，她从未见过奶奶的眼泪，唯一印象深刻的是微笑。奶奶就像这片土地上生长的向日葵，挺拔、乐观、自信、独立、向上，面对困难从不愁眉苦脸。

她站起来，在向日葵中穿行着，继而伸出小手抚摸着一株株的向日葵。她看见的只是微笑。这种微笑，向着太阳、向着光明、向着希望。她喜欢上了这些高雅纯洁的向日葵。

在这片茂密的向日葵的田野里，她看见了过去不曾看见的一种希望和力量。这种力量，让她浑身充满了轻松快乐的愉悦。那些在阳光下金灿灿的向日葵，它们迎着阳光，不哀愁，不悲苦，只是微笑、微笑。金黄的脸庞上写满了生命的骄傲。

向日葵面向大自然的微笑，恰似一股欢乐的泉水，在她心间流淌着。她决定要像向日葵一样，面对命运的多舛，学会冷静坚强，保持乐观的心态，充满信心和微笑，就像奶奶那样。

那天，她躺在向日葵丛中，随着阳光的旋转而旋转。她沐浴着阳光的温暖和向日葵的气息，心灵中淤积的黑暗在渐渐消失，并有了前所未有的力量。阳光旋转的是位置，她旋转的是思想。在这种旋转中，她忘记了忧伤和苦闷。她发誓，要永远像向日葵一样微笑着过好每一天，做个心中装满爱的女孩。

然后，她在明媚的阳光下，闻着向日葵的花香，进入甜蜜的梦乡。

这时，传来一个小女孩稚嫩的声音："龙奶奶，那年，我发烧了，是您让我妈妈用向日葵的叶子熬水给我泡澡……还有，我的脚跟喜欢抽筋，你让我妈妈用向日葵花瓣，兑米酒煎服……"奶奶微笑着说："希望你早点好起来。"

奶奶的微笑，就是小女孩童年的太阳，一直在她心中冉冉升起。

接着，有位年轻人的声音："龙奶奶，你还记得我上高中的那些年吗？那时，

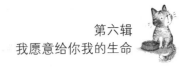

我们家境贫寒，而您，和我没有任何的血缘关系，却总是把卖葵花子的钱，塞给我的母亲，让我去城里读书。要是没有您，我哪有今天……"

奶奶微笑着回答："多读点书，好啊！"奶奶微笑的声音，不仅留在她的脑海中，还留在了邻家那个大哥哥的脑海中。奶奶的微笑，是他和她生命中爱的声音。

她听见邻居张婶的声音："你的向日葵长得不错！想当初，我生病时，老中医建议用向日葵的花瓣做药引子，而我们村，只有你年年种向日葵。我向你讨要花瓣时，你毫不犹豫地掰下来，送给我……"

奶奶微笑着说："你好了，我就放心了。"奶奶的微笑，比说话的声音还要大。她第一次发现，微笑也是有声音的。微笑的声音，可以穿透人与人之间的距离，直抵心灵深处。

是她的奶奶，一位普通而又伟大的老妇人，养育了这一方向日葵，送给了这一方人爱和温暖。

她醒来了，心里充满了感激。回头凝望时，奶奶还在向日葵下拔草。"奶奶，我要像您一样，做一株永远微笑的向日葵。"说完这句话，她居然笑了。笑声很甜，很响亮，在向日葵的上空回荡。

奶奶跑过来抱住她，拉着一株向日葵，和她一起看着那些朝阳的花瓣。她和奶奶的微笑，犹如灿烂的花瓣般明朗。"吧嗒吧嗒"，她和奶奶的眼泪，滴在向日葵的花瓣上，一滴滴，金光闪闪。

瞬间，太阳神花开花了。在她的灵魂深处，花瓣形成了五彩缤纷的朝霞，照亮了她的双眸。

为母亲撑一把伞

石兵

他对雨的钟爱由来已久，从少不更事到青春懵懂，那些晶莹的雨丝常常带给他无限遐想，在清凉的雨中行走，一个接一个的灵感会不期而至，令他欣喜不已。对于他这样钟爱文字的人来说，每一个怦然心动的灵感都是莫大的幸福，当灵感转化为隽永的文字，他会感到满满的成就感。

他并不是孤独的，每次下雨天，母亲都会陪着他一同在雨中行走，不论大雨倾盆或是细雨如丝，母亲总会为他撑一把伞。每一次，母亲看到他在雨中幸福寻觅的模样，平凡的脸庞上都会露出会心的微笑，而他则沉浸在雨的思绪中不能自拔，早已忽略了母亲的存在。

母亲只能撑一把伞，因为，母亲的另一只手要小心地推着他前行。端坐在轮椅上的他是不幸的，幼年时的一场车祸，让他失去了父亲，也失去自己的一双腿。

他自怨自艾过，自暴自弃过，他无法想象，如果没有那些钟爱的文字，如果没有这沁人心脾的雨，自己的人生将会怎样一副凄冷的模样。

从四岁时失去双腿，如今已经过去了二十年，他的轮椅一换再换，身边的人来了又去，他也从一个懵懂的幼童长成了小有名气的青年作家。每一次出门，他都会将目光投向远方，那一望无边的天空、那广袤辽阔的大地、那晶莹清凉的雨丝，接纳了他所有昂扬的、颓废的、离奇的、平凡的念想，他无法控制自己的思想，他只知道，唯有如此，他才能暂时忘却失去双腿的痛苦。

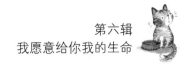

　　他沉溺于远方，沉溺于雨中，却忽略了离他最近的人，一直到那件事的偶然发生。

　　那天的雨异常静谧，他甚至能听到雨滴有节奏地敲打在大地上的声音，不用他开口，母亲已经准备好了一切，她撑起雨伞推着轮椅上的他缓缓走出了家门。很快，他便将身心融入了雨中，物我两忘，寻找着那虚无缥缈的灵感，就在这时，一道刺耳的刹车声响起了。

　　随后，他感到一股大力将轮椅推向了街道一角。这股力量是倾斜的，因为只有一只手在发力，轮椅在剧烈的颠簸中失去了平衡。在轮椅倾倒的一瞬间，他侧目看去，发现自己的母亲被一辆货车刮倒在地，母亲的衣衫尽湿，一头银发在风雨的敲打中变得格外醒目，刹那间，他感到了一股彻骨碎心的疼痛。

　　那么多年了，自己一直在看雨，看天，看远方，却没有回头看看母亲。二十年过去，母亲竟已衰老成了这个样子，那个记忆中坚强乐观，似乎无所不能的母亲去哪儿了？那个在父亲过世、儿子残疾之后仍然平静如水的母亲去哪儿了？

　　他挣扎着爬到母亲身边。他看到，母亲的眼睛仍然明亮，只是牙关紧咬，他看到，母亲的小腿处渐渐渗出了一丝血迹，很快，这血迹就蔓延开来，渗出衣服，与大地上的雨水融为一体；他看到，货车司机和众多路人拨打了急救电话，随后，他们取出许多的雨伞，为他和母亲遮住了无边无际的冷雨；他看到，那些伞五颜六色，有绿的，有蓝的，有红的，还有一把透明的，他可以看到，许多的雨滴聚集在雨伞上面，又缓缓地滑下来，有一滴雨恰巧落向母亲的额头，他急忙伸手挡住了那滴雨，当雨落在自己的手上，一点凉意让他平静了下来，刹那间，他懂得了母亲，也懂得了自己。

　　怪不得自己这么喜欢雨，原来，这雨有着母亲的品质。二十年之前，母亲正是在自己如今的年纪经历了那场足以摧毁人生的车祸，但母亲选择了独自面对，就像一滴平凡的雨，安静地面对着自己的宿命，用晶莹的心面对着

未知的一切。而母亲的平静也在不知不觉间影响到了自己，让他找到了文字作为生命的寄托，他想起母亲为给自己购置电脑与书，经常彻夜不眠做着手工，那些精美的十字绣上细密的针脚到底濡染了母亲多少的心血呢？

在救护车到来之前的那段时间里，他没有让一滴雨落在母亲的身上。那些穿过伞落下的雨滴都被他一一收入了手心，那些雨水依顺着他掌心的纹理盘旋不停。

这就是命运吧，感受着掌心的清凉，他暗暗下了决心，母亲已经为自己撑了二十年伞，今后的日子，就让自己为母亲撑一辈子伞吧。

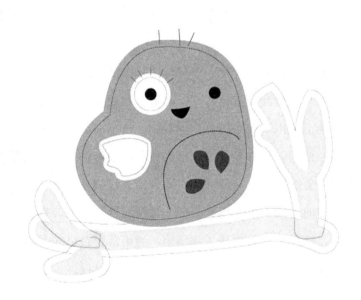

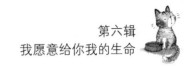

温暖心灵的唠叨

王凤英

　　每个孩子的成长过程，都离不开母亲的唠叨，我亦如此。从小到大，每当母亲不停地唠叨时，我就感到很厌烦。直到成家立业以后，因为忙于工作，忙于自己的家庭，也是为了躲避母亲的唠叨，到母亲那里的次数越来越少了，自然，也很少听到母亲的唠叨了。

　　前段日子，老公出差不在家，儿子去了奶奶家，母亲怕我一个人在家孤单，便一次又一次地打电话让我回去。眼见拗不过，便忐忑不安地回到了母亲的身边。

　　住在母亲家的那些日子里，每天吃过晚饭，帮着母亲做完家务，我便迫不及待地来到电脑前开始上网，而且一上就到半夜。这时，母亲就会悄悄地来到我的身旁，开始了又一番不停地唠叨："离电脑那么近，看的时间那么长，这样对眼睛不好知道吗？"我总是不耐烦地回敬一句："我知道。""知道还不早点休息，看看表都几点了？"我越发不耐烦地对母亲说："知道了！您先休息吧！"母亲只好快快地离开房间。

　　可是，一会儿，母亲又来了，"都大半夜了，外面天凉。"不由分说就把一件厚厚的外衣披在我的身上。虽然外面有点夜凉，但室内的温度相当高，所以我不耐烦地用力一摇，甩掉了衣服。随着衣服的滑落，我感觉到了母亲的愕然，听母亲一声叹息，回头望着她的背影，我的心里忽然涌上一阵强烈的内疚。霎时，我的心思不在电脑上了，记忆的潮水退回了上中学时的那段

日子。

那一年，我疯狂地迷恋上了琼瑶的小说，每天沉浸在那些故事里，或悲或喜，或哀或怒，简直到了不能自拔的地步。那时，母亲便常常在半夜时分走进我的房间，不停地唠叨着："该早点休息了，那些课外书放到假期的时候再看吧！""你别管了好不好？"看得正投入的我总是不耐烦地顶撞着母亲，母亲也不甘示弱地唠叨着："不管你怎么可以呢？会影响学习成绩的。"果然，那一年的期末考试，我由班里的前几名一下跌落到三十多名，即使这样的结果，我也没能从母亲的唠叨中体会到什么。

如今，母亲老了，满头白发，但母亲却依旧唠叨着，或许这就是母爱吧！她总是把无限的关爱连同唠叨一起投给你，不管你愿不愿意接受。或许每个人初时不理解母亲的唠叨，但终有一天，你会突然间明白，母亲的唠叨里包含着怎样的爱意。

从那以后，母亲的唠叨开始变得悦耳起来。每天早晨出门时，母亲就会唠叨："路上小心点，别忘了下班后早点回家。"曾经以为很唠叨的话语，原来竟是如此的温暖心灵。

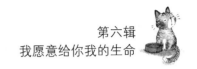

我的五弟

程应峰

五弟，在我们兄弟中，排行老幺，但他是最值得父母骄傲的。

我们十几岁的时候，家里很穷，交几元钱的学费都得想方设法。20 世纪 80 年代，兄长和我都参加了工作，家境才有些好转。五弟上高中时，正值家境步向好转的时候。对于一个处于成长时期的人，家境的好坏也许起一定的制约作用，但主要取决于个人自身是否有进取之心。五弟天资聪颖，好学勤奋，从小学到大学，一直保持着不服输的劲头，成绩始终居于前列。如果学习上有什么问题在他那里得不到解决，即使在病中，他也不会放弃思考。思考，成了他的日常生活习惯。我身为人师的时候，他常弄一些课本之外的问题来难为我。一见他问，我就说："人类一思考，上帝就发笑，用多了脑筋对身体有害哦！"他不以为然，说："脑子不用，只会越来越不好用的。"

因心境的原因，五弟偶尔也会流露出厌读情绪。大四时，他对我说，即使可以免试在本系读研究生，也不想读下去了。他说读研究生还得几年，置身于这个竞争激烈的年代，总有时不待人的感觉。说归说，一有闲暇，他还是埋头于书页间，而且一门心思读完了研究生课程。

五弟小我近十岁，我大学毕业，他才上小学五年级。因为他出色的学习表现，父亲爱他；因为他脾气太倔，认死理，父亲又怨极了他。个性极强的五弟在十几岁时，只要认准了一件事，不管是谁，都没法改变他的看法和想法。那时，五弟给人的感觉是，从不顾虑别人的心理感受。记得他上大一那年，

寒期的一天在家同父亲发生口角，竟说要同父亲绝交，气得父亲当时脸色铁青，以致大半年心情抑郁。五弟呢，返校半年之久，没写一个字回家。

五弟刚硬的个性直到上大二才有些改变，放假回家，总主动同家人坐在一起交谈说笑。这样的时候，父母也默默感受到了他对他们那份迟到的情感。当年，寒假快结束的时候，他随我在我的住处逗留了几天，这几天，我发现他身体状况好像不正常，一问，才知道他生病了。我怨他为什么不早说，他说在家里怕父母担忧不安才没吱声的。带他上医院，医生说他得的是急性肺炎，要等病有好转才能返校，否则病情加重就麻烦了。打了一个星期的点滴，不见好转，弟弟对我说："回校再说吧！"我说："我已经跟你们学校联系过，请假了。"然而，他不听我的劝阻，执意要返校。那天，为他收拾好简单的行囊，我的心头油然滋生出千丝万缕的牵挂。临别的一刻，我真切地感到，背着行囊远去的五弟，又多了几分成熟，毋庸置疑，日月轮回里，人生磨合中，五弟正一步步成熟起来。他的成熟，调和了血脉亲情，让家人在春节的氛围中，安享着祥和、欢乐和喜庆。

我愿意给你我的生命

闫荣霞

她是一个产妇，没进产房，却住进了加护病房。

她有慢性的心肌病变，加严重的心律不整，心跳快，血压低，呼吸急，典型的心脏衰竭。

她本不该怀孕，却硬决心要一个孩子。

现在新生命出生在即，加护病房、妇产科、麻醉科、小儿科，所有医师都在这里，所有人都断定她不可能自然生产，否则她和小孩必死；她也不能麻醉开刀，否则她和小孩必死；可是若给她开刀，可以一边做心肺复苏，一边把小孩子抢救出来——换句话说，她必死，她的小孩也许能够活下来，只要她能够为了维持心肺功能，清醒的状态下，承受电击。

电击开始，她的手本能地伸出去抓电击板，要把它推开，这种痛楚她实在承受不来。

她胸前几处皮肤已经电击得焦黑，医师双手发软，按不下按钮，因为她是清醒的，这不是治疗，是上刑。

别的医师建议打镇静剂，让她入睡，可是妇产科的医生说不可以，因为镇静剂会通过胎盘到达小孩子身上，小孩子情况已经很差，不能再冒险打药。

然后，大家就看到，她紧抓电击板的手，渐渐松开。

她不要打镇静剂，袒露着胸膛，静候电击，像个勇士。

一次，两次，不知道多少次。

剖腹产已经开始，麻醉医师只能给她最微量的麻药，她躺在那里，乖乖让妇产科医师取出她肚子里的小孩。

再次电击。再次电击。她双眼紧闭，双手软垂，再没有力气去推拒电击器。

这时，小儿科医师那边传来婴儿的哭声。她的眼睛张开了。

护士替她把小孩抱过来，她眼睛睁得大大的，脸上的表情无法形容。

丈夫、公公，牵着她的手，哭成一团。

心室颤动像个恶魔，又来了。现在小孩子已经没有事，可以打完镇静剂再电击。打完镇静剂，她已经入睡，可是眼睛仍然张得大大的，带着无限的贪恋……

一个美丽的清晨，孩子降生，她去世。

她的孩子躺在婴儿室里，纯净、美丽、可爱，孩子在生命中的第一个早晨，对世界笑了起来。

他是一个老先生，生命垂危，唯有一双坚定的眼睛还能看出来他当年那白手起家的雄狮一般的风采。

他身上没有一块地方可以再接受输液，只能往脖子上打点滴。他的气管切开，接上呼吸器，没办法说话，却用眼神拒绝。

他不求生，只希望安宁地死。

可是他的儿子却不肯，恳求医生尽量延长他的生命，起码要撑到明天——公司董事会明天要开，他是董事长，敌手强大，需要他去坐镇。

医师强烈反对，可是全体家属都同意。他的儿女都同意。

"你们知道董事长快要死了吗？"

"我们当然知道。"

这时候，老头的律师打电话来，说，就算他出席，也不一定能够救局；可是不出席就更输得惨。他的四个孩子都无魄力，又不肯团结，对方又一定要置他们于死地。

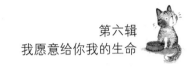

最后医师妥协了，让他们自己去问他们的爸爸。

垂危的董事长闭着眼睛，所有人都静默不语。不知道过了多久，眼泪从老先生的眼眶流出来，他慢慢睁开了眼睛。

他肯了。

他肯让他们把他歪歪斜斜地推进机舱内，肯全身都带上瓶瓶罐罐的点滴、插管、氧气筒、心电图，肯让随行医师不停地挤着呼吸气囊维持他的呼吸，肯让护士拿着急救用药随侍在侧，肯让大家——包括敌手，看到他这个衰弱的样子，肯忍受巨大的痛苦，为他的儿女们去打最后一场仗。

无论是输是赢，为了他的儿女，他最后一次，拼尽全力。

这两个故事都不是杜撰的。它们出自于一个台湾医师侯文咏的笔下，他记录的是他的亲眼所见。

医院上演无数生离死别，这不过一棵大树上的两枚针叶。

听没听过一首歌？它被一个歌手演绎得声嘶力竭，唱的是"死了都要爱，死了都要爱"。情字当头，谁对恋人不是"死了都要爱"，你却会为了鸡毛蒜皮的事，跟爸爸妈妈争吵，离家出走，不惜忤逆，却不知道你的爸爸妈妈对你，才是真的死了都要爱。

死了，都要爱。

下在温暖中的雪

余显斌

在小城，我买了房子，妹妹也买了房子。母亲知道了，感到脸上很有光，一高兴，终于答应上城里来住段时间。我接到电话，非常高兴——毕竟，进新家有段时间了，母亲还没见过我的新房子呢。

妻子听了，轻轻一笑，告诉我："老太太是想女儿了。"

母亲四十岁那年，才生下妹妹，因此，有些偏爱妹妹，这点我是理解的。可是，妻子说的话，我却不太赞同——妹妹是母亲的女儿，难道我不是她老人家的儿子？

妻子不和我争，只是笑笑，拿起包，转身忙去了。

第二天上午，母亲上来了，气喘吁吁的，大包小包的东西放下，一间一间房子看过，眉开眼笑地连连说好。坐了一会儿，她站起来，说去看看妹妹。妻子一笑道："娘，一心记着妹妹啊！"

母亲满眼慈爱地说："娘身上的肉啊，哪一刻不记着？"

妻子略带不满地说："你儿子也是啊！"

母亲不说话，望着我笑眯眯地点点头，又坐下来。下午，吃罢饭，我带着她去了妹妹那儿一趟。第二天，刚刚吃罢午饭，母亲又坐不住了，说去散步，然后走了出去。

妻子悄悄告诉我，老太太一准去了女儿家，帮忙去了。

最近，妹妹在装修房子，很忙。我想，不可能吧，毕竟，母亲已经

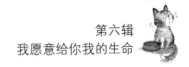

六七十岁的人了。妻子一噘嘴道："六七十岁，心疼女儿，那心会老吗？"

我无言，午饭后，就照例上床午睡了。

妻子呢，坐在客厅，无声地织着毛衣。

一直到上班时间，我才起来，揉着眼睛走了出去。走到楼下，看见母亲慢慢走上来说："上班啊，注意点，下雪了。"果然，母亲头上身上满是雪花，嘴唇也冻得发白。我的心中，暗暗对妹妹有些不满，就是让老人帮忙，也该在房内找点活儿啊，怎么在大雪纷飞天，找一份户外的活儿让母亲做。

对母亲，我也滋生出些微的不满，为了女儿，身体也不要了，这老太太。

我不高兴地埋怨说："娘，你咋不顾惜自己的身体？"

母亲连连摇头，说没啥，不要紧的。

我让她赶快回房去，这么冷的天，又下着雪，会感冒的。母亲仍摇头，连连说没啥。果然，当晚母亲就咳嗽，继而开始发烧，第二天一早被送进医院打起吊瓶。妻子在旁边一边忙着拿药，一边叨咕："这老太太，见过偏心眼儿的，没见过这么偏心眼儿的，六七十岁了，还以为自己年轻啊。"

我没说啥，可心中也不舒服，去医院时，就说母亲，给妹妹帮忙，也要照顾好自己啊，大雪天里，也不注意一点儿。一句话，让母亲愣住了，继而醒悟过来，告诉我，那天，她在外面闲转着，根本没去妹妹那儿。

本来，她是准备去的，可巷子多，她忘了路，就又转回来了。

"没门铃声啊，我当时在客厅织毛衣呢。"我们教过母亲怎么摁门铃，因而，听了母亲的话，妻子感到很惊讶，睁大眼睛望着母亲。

母亲轻轻笑了一下，说怕打扰了我的午睡，就没敲门。

原来，就在母亲举起手，准备敲门的那一刻，又停住了，她想到我有午睡的习惯。她曾听我说过，午睡不睡好，我一下午工作都没精神，所以，又收回手，转身走下了楼。

那天午饭后，我在温暖的房中，呼呼地睡着。

六七十岁的母亲，却在大风雪中整整转了两个小时。

妻子说得对，爱是不会老去的，尤其母爱。对女儿，对儿子，母爱都是一样，永远年轻，永不枯竭。

乡下的母亲们

周海亮

乡下的母亲们，多有一两个在城里打拼的儿女。乡下的母亲们，很少有机会见到他们。

当城里的母亲们扭起大秧歌跳起扇子舞，乡下的母亲们，仍然操劳在田间地头。她们不会有退休，没有退休金，没有节假日，没有加班费。生命不息，她们的劳作不息。她们在同一片土地上洒下少年的汗水，青年的汗水，中年的汗水，老年的汗水。春播秋种，她们不肯忽略任何一个节气。

乡下的母亲们，多有一个碧绿的菜园。当儿女们归来又返程，母亲们便会将绿生生的青菜装进蛇皮口袋，作为儿女们回程的行李。儿女们多皱了眉，不要，推辞，却不是因了母亲们的辛劳，而是惧怕一路上太过麻烦。其实母亲们也知道那些青菜值不得几个钱，母亲们也知道这青菜城里到处都有卖，但她们已成为一种习惯，一种生活方式，一种必须。看着儿女们将青菜带上汽车或者列车，母亲们眼角的皱纹，便会舒展开来。尽管，回去后，那些青菜将会烂掉大部分。

乡下的母亲们，经常想念远在城里的儿女们。但她们不说，不外露，只把想念和牵挂深埋心底，一个人默默承受。偶尔她们会给儿女们打个电话，却多是淡淡的语气，几句话说完，电话便挂断了。乡下的母亲们的性格，多是腼腆的、含蓄的、内敛的，甚至是木讷的。她们不善言辞，哪怕是面对自己的儿女。

乡下的母亲们，多不知道母亲节是哪一天。当儿女们从城里打回电话祝她们快乐，她们甚至会红了脸。她们认为那不是节日，在她们心里，只有中秋和春节才能算作节日。因为这两个节日是应该团圆的，尽管，即使在这两天里，远在城里的儿女们也常常因了各种借口不回家来。不回家来，母亲们也不恼，她们坐在农家小院，忙着自己的事情，想着远在天边的儿女。

乡下的母亲们，多没读过什么书。她们认不得几个字，却拼了全力供自己的儿女们读书。当儿女们终没因读书而改变自己的人生，母亲们又耗尽全力将他们送进城市，送到她们完全陌生的地方。她们不希望自己的儿女们同她们一样生长在乡下，乡下是生存的地方，不是生活和享受的地方。尽管她们知道，从儿女们进城的那一天，事实上，离自己的距离就越来越远。

乡下母亲们最快乐的日子，就是儿女们围在她们的身边。她们会做出满桌子好菜，微笑着，看儿女们狼吞虎咽。她们的筷子很少去动儿女们喜欢的那道菜，她们知道省下一口，儿女们便可以多吃一口。当一顿饭吃完，当那道菜还有很多，母亲们就会端下去，然后待第二顿，再热一遍，再端上来。在她们眼里，好饭的概念就是儿女们喜欢的饭菜。这里面，母亲唯独忽略了自我。

十几年前我高中毕业，四处求职四处碰壁。可是我仍然赖在城市，每天在别人的屋檐下行走。我怕回到乡下，我怕自己成长如父辈们一样的农人。我在城市里混了两年，终在一个深秋，遍体鳞伤地回家。母亲为我做了一桌子菜，微笑着看我狼吞虎咽。她不提我的工作和前程，她小心翼翼地回避着我的伤口。后来，终有一天，当我再一次离家，再一次鼓足去城市打拼的勇气，母亲对我说了一句话。那句话让我终生难忘。

母亲说，不管什么时候，想回来，就回来吧！家永远，欢迎你。

那一刻我哭了。那一刻，我无法忍住流泪。

小冰棍儿

凉月满天

"小冰棍儿"守在急诊室外的塑料长椅上，浑身发抖，两手冰凉。姥姥在里面。

小冰棍儿是人家给她起的外号，十几岁的姑娘，几乎从来不笑。

白大褂来到跟前，她抬起头。值班医生严肃地说："……"

"咚"，小冰棍儿晕倒了。

他还什么都没说呢。

当她醒过来，发现自己躺在沙发上。房间里空调呼呼地吹着热风。白大褂正写病历，看她醒了，直截了当："你姥姥的……"

"你姥姥的！"小冰棍儿嘴快地回了过去。

"噗。"医生喷了，"我是说你姥姥的病……没事了。"

小冰棍儿的脸色变了好几变，医生怪有趣地看着她，过一会儿慢慢地说："去看看她吧，203病房。"

姥姥正吸氧昏睡，小冰棍儿握着姥姥的手，低着头，肩膀一耸一耸。

医生站在门口。

小冰棍儿上学去了。医生来到姥姥的病床前，知道了小冰棍儿的一些情况：爸爸在外边养小三，然后和妈妈离了婚；妈妈自杀了，爸爸和爷爷奶奶都不肯要她，姥姥就捡破烂供她读书；从那时起，她就不会笑了。然后，昨天早晨，不知道怎么回事，姥姥晕倒了。

于是，当姥姥出院的时候，小冰棍儿就发现这个笑起来有点贼贼的中年医生开着车等在门口。小冰棍儿警惕地看着他，他慢吞吞地说："上车吧。"然后把她们送回家。

后来，有一回，他请她们到他家做客。他家客厅里挂着一张照片，照片上的人和小冰棍儿出奇地像。这是医生的亲生女儿，得了白血病，去年去世，比小冰棍儿大三个月。医生的妻子怕睹物思人，出了国，家里只剩下他一人。医生说，见到小冰棍儿的时候，他觉得是女儿又回来了。

后来，他就常常来小冰棍儿家，每次都带些补品，又给小冰棍儿买辅导书。

一天早晨，姥姥闭上眼睛，再也没有睁开。当中年医生赶来的时候，小冰棍儿抱着姥姥，神情呆滞，一动不动。医生慢慢蹲下身子，握住小冰棍儿冰凉的手指，在她耳边轻轻说："小冰棍儿，姥姥没有吃苦。她走得很安详，没有吃苦。"

他反复地、温柔地、一遍一遍地说，直到小冰棍儿干涸的眼睛渐渐流下眼泪，一滴，两滴。

半年后，小冰棍儿考上大学。四年后，她以优异的成绩毕业，开始用自己的工资还助学贷款。"爸爸"医生——姥姥去世后，医生成了她"爸爸"——本来要供她读书，被她拒绝了。她想用自己的努力走好自己的人生。

小冰棍儿拿到第一个月的工资，想去拜祭一下姐姐，医生尴尬地笑。"啊，"他说，"那个，其实吧，我根本没有结婚，也没有女儿。墙上挂的是你的照片。我想帮你，又怕你害怕，就想了这么个笨办法……"

小冰棍儿瞪着他，不说话，空气仿佛都凝结了。

渐渐地，她开始笑，医生也开始笑。

两个人疯疯癫癫的大笑仿佛两朵开在春风里的花。

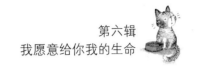

小时候就想的事

李良旭

父亲八十岁的时候，开始每天练两个小时的毛笔字。父亲每次写毛笔字的时候，任何人都不能轻易去打扰他。

我笑道："您这么大岁数了，写毛笔字有什么用？"

父亲认真地回答道："写毛笔字是我小时候就想的事，那时因为家里穷，饭都吃不饱，哪还有钱上学。那时，能到私墅里上学的孩子，都是有钱人家的，穷人家的孩子根本上不起学。当我牵着牛，从私塾窗前经过时，看到里面的小朋友一个个端坐在那里写毛笔字，我羡慕不已。我想，如果将来我有条件了，一定要学写一手漂亮的毛笔字。这一等啊，就等了许多年，虽然一直没有定下心来写毛笔字，但这小时候就想的事，从来没有泯灭过。现在，我终于有时间、有条件了，我就要完成我小时候的梦想了。"

父亲一番激动人心的诉说，我听了，心中不禁充满感动，但转念一想，父亲毕竟这么大岁数了，还能将毛笔字写好吗？话虽然没有说出口，但心里充满了疑惑。

没想到，父亲这一练，就坚持了整整十年。如今，父亲已是九十高龄的老人了，每天依然雷打不动地写两小时的毛笔字。当初我对父亲这么大的年龄开始练习写毛笔字，很不以为然。没想到，父亲写毛笔字，进步很快，多次参加老年书法大赛，还获得了许多奖状，而且有些书法作品还刊登在报刊上。父亲所取得的这一系列成绩，令人刮目相看。我问父亲："是什么力量使您

坚持了这么多年？"

父亲坚定地说道："这是我小时候就想的事，现在就要抓紧去实现它，这也是了却我心中的一点遗憾。"

我忽然想起，十年前，我也曾问过父亲这个问题，父亲也是这样回答的，当时我还不以为然，没想到，父亲真的实现了小时候的梦想，这真的是个了不起的成绩。

我忽然想到，我也有小时候就想的事。小时候，我一直想学拉小提琴，可那时没有条件，也就没有学成，看到班上会拉小提琴的同学参加学校小红花文艺宣传队，我可羡慕啦。十年前，如果我也像父亲一样学拉小提琴，现在也许会拉一手漂亮的小提琴了。我为自己从没有付诸行动而懊悔。

我想，从现在起，我也开始学拉小提琴。虽然我已六十多岁了，但是，只要像父亲那样坚持下去，就一定会有一个美好的结果。

就这样，我报名上了小提琴培训班，成为培训班里年龄最大的学员。但我一点也不自卑，和那些小朋友在一起，我仿佛也回到了小时候，那真是一个天真浪漫的年龄。

不知不觉，几年坚持下来了，我已经能流利地拉小提琴了。我还参加了社区老年文艺宣传队，经常参加宣传队表演演出，我的小提琴独奏，成为宣传队保留节目。

每当有我演出的节日，已是九十多岁的老父亲也赶来观看我的表演。父亲对我表演的小提琴独奏是赞不绝口，他说："没想到，我儿子这么大岁数了，也会拉这么流利的小提琴，很潇洒、很了不起。"

我说："学拉小提琴，是我小时候就想的事，我是在您的影响下，实现了小时候的梦想。"

父亲在我头上摸了一把，说道："没想到我儿子也有这份坚持和毅力了，真让我刮目相看。孩子，虽然我们都已老了，但我们的心依然年轻，让我们

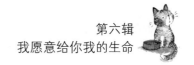

一起去实现那一个个小时候就想的事，这是多么浪漫的事啊！"

　　我喉咙一阵哽咽，情不自禁地紧紧搂住父亲的双肩，将头伏在父亲的肩膀上，我怕父亲看到我眼睛里奔涌而出的泪水……

心尖的肉，心头的船

顔凉月

这个世界上不幸的孩子很多，他算得上一个。

十三岁父母离婚，父亲另娶，母亲别嫁，他是被姥姥带大的，而姥姥，也在他考上高中的那一年去世了。

至今，他一给母亲打电话，母亲通常是习惯性地说："hello,this is……"嫁给外国人了，还又生了两个娃娃。至今，他没给父亲打过电话，因为后母根本不许父亲接，他小小年纪一边读书一边做家教，营养不良到现在都长不起个子。

说实话，妈妈和爸爸都是有寄钱给他的，如果把他的账户上的钱支出来，恐怕当一个小小的富翁都有余，但是他不肯，一分钱都不动。他不是省，他是恨。

恨父亲和母亲的不负责任，既相爱又不好好相爱，既结婚又随随便便离婚，既生了他又抛弃了他，既抛弃了他又徒然想用金钱温暖他缺乏温情照耀的心。

这个孩子的恨没有化成长在身上的尖针，扎向任何一个试图靠近他的人，他的恨却化成一团硬冰，把自己变成冰里包裹着的一粒核，谁来都暖不透，谁来都摸不到，他在里面冻得发抖——他伤己，不伤人。

所以，即使工作之后，他也不肯恋爱，不肯结婚，而且不肯去国外探望妈妈，也不肯在国内陪父亲过春节。到生病的父亲打来电话实在让他推托不过去，就连异母的小弟弟都出面劝说的时候，他才勉强回去了一趟。却是待了五天，在外边和高中同学疯跑了四天半，在家只说了两句话："我来了。""我走了。"

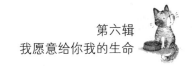
说到底，还是恨啊。

我是在毫不知情的情况下请他给我当"卧底"的，我的小孩喜欢上网聊天，我请他这个名牌大学毕业的大学生以陌生人的身份加上她，既对她有一个监控的作用，又能替她树立一个奋斗的榜样。

我喋喋不休说孩子的"劣迹"，他在那边苦笑着听，然后说："我觉得，你们当爸爸妈妈的，太操心了。孩子哪那么容易就变坏了。"我只有慨叹他不养儿不知父母心，他在那头沉默。

再一次在网上给他留言的时候，我的小孩居然因为和她爸爸一言不和，吃了一整板西药玩自杀。大年三十，我们在医院度过，我的心情既愤怒又绝望，对他倾诉说十分羡慕丁克家庭，养儿不如不养儿，结果他说："唉，做父母的，不容易。"

这还是我第一次听他说这样温情的话，平时他都是既冷静又客观，把自己的真实情感隐藏进深不见底的黑暗。

昨天晚上，我派爱人星夜回娘家接来侄子的小娃娃，因为村里正闹口蹄疫，村里的小孩接二连三地死伤。小孩妈妈跟着一起来了，随行的还有一堆包袱，吃用俱全。我在网上跟他讲这事，他说："生养个小孩，真费心……"

然后今天，我收到他的留言，说母亲要回国看他，他答应了，问我五十岁的女人喜欢什么礼物。我说你不要问五十岁的女人喜欢什么礼物，你只问一个当妈妈的和儿子分别有年，喜欢什么礼物——你的一个拥抱，胜过金宫银殿。他沉默了一会儿，问："那，爸爸呢？"

"一样。"

现在，他应该见到妈妈，并且送上一个略显生涩的拥抱了吧，将来总有一天，他也会拥抱年迈的爸爸的吧？其实哪个孩子都是父母心尖的肉，哪个父母都是孩子心头的船，尘世漂染，泥滓俱尽，总有一天，儿女和父母会顶着和解带来的痒痛，坐在一起，诉说过往和余年。

不是一般的悔

周灵峰

他的老家位于大别山深处，那里山势嵯峨碧翠无垠。但就在这如诗如画的地方，他的童年却留下了一道永远抹不去的伤痛。

那时他五岁，正读小学。为了凑足学费，母亲在板栗园里忙活了整整一个夏季。那天早晨，邻村的表舅托人带来口信说他们村来了位外乡人在收购板栗，比平时那些山外老板一斤多出一毛钱。母亲为了多卖些钱，连早饭也顾不得做，胡乱塞给他一把红薯干儿便扛着竹竿上板栗园了。临近中午，他实在太饿了，便去找母亲。谁知他的噩梦从那一刻彻底开启了。那天早晨母亲留给他的那把红薯干儿，成了母亲留给他的最后的遗物。

当他发现横躺在石坡上的母亲身下满是凝固了的鲜血时，他顿时吓得哇哇大哭，而这时母亲已经不能再给他任何安慰。

没多久父亲给他找了位后妈。后妈过门时带来一个女孩，比他大一岁。父亲让他喊她姐。但他一直不喜欢这个姐，尽管他不得不人前人后违心地喊她姐姐。后妈总让姐带他去玩，领着他，护着他。但他总是很不情愿地跟着姐姐，并且时刻和她保持着一定的距离。在他幼小的心灵，他一直认为是后妈和这个姐姐横空出世打破了他原本就残缺的爱。

那天，邻村放电影，姐姐带他去了，这种场合他是乐意去的。刚进村，本村的一位大嫂在屋角向他们招手，姐姐视而不见牵着他的手继续朝村里走去，但大嫂的一个动作却让他再也迈不开腿，大嫂从口袋里掏出一只棒棒糖。

他重重地甩开姐姐的手，疾步奔向大嫂。大嫂笑着把糖给了他，然后又朝她招手，她冷冷地盯着大嫂，接着慢慢地走过来拉起他要走。大嫂笑着问他："好吃吗？"他乐呵呵地说："好吃。"大嫂说："我那边车上还有好多呢，让你姐和我一起再去拿好吗？"他拼命地点头。在他的一再催促下姐姐终于和大嫂一起走向了停在村口的一辆小面包车，但姐姐上车后不久，车子便开动了，姐姐再也没下来。大嫂塞给他一把五颜六色的棒棒糖说："拿去吃吧，你姐姐回家了。"见他吃得开心，大嫂又叮嘱："回家别和你爸妈说在这遇到我，也别说我给你糖吃，如果说了你爸肯定要打你。"他深信不疑地点头。的确，父亲只要知道他吃了别人给他的东西，一定会狠狠地暴打他一顿。

那天看完电影回家，他没见到姐姐。后妈慌张地去邻村寻找了好几次，就差没把地皮掀开。父亲冷着脸盘问他多次，他盯着父亲阴沉的脸，心里一个劲地在颤抖，他知道，只要他一开口道出实情肯定在劫难逃。后妈见他可怜，忙一拉父亲："可能是她自己走丢了，不怨他，他还小，什么都不懂。"

几个月的惨淡之后，后妈自知姐姐不再回来，便把姐姐的衣服全部给他穿。后妈后来一直没再要小孩，后妈把对姐姐的爱全部倾注在他身上了。但他一直不喜欢后妈。初中毕业那一年，他一声不吭地只身来到南方打工。对于家乡，对于童年，对于后妈和父亲，他一直觉得都是黯然无光可有可无。

那天下班突然下起了大雨，他刚出地铁口便见有人卖伞，他立即买了一把。谁知，第二天下班，还是在这个地铁口，一位中年妇女把他拦住了。妇女微笑着说："昨天你买了我一把伞，当时我拿错了，给你的那把是坏的，我给你再换一把。"他起初一愣，旋即在心里暗暗好笑：都什么年代了，居然还有这样的好心人。他伸手一挡妇女递过来的雨伞："不必了，一把伞算不了什么。"而就在此时，妇女手中的雨伞"啪"的一声滑落在地，妇女一把拉住他的左手，同时伸出自己的右手。这一下他彻底惊呆了，原来妇女的手腕上也戴着一个和他手腕上完全一致的手镯。他的这个手镯是后妈过来时

带来的，当时给了姐姐一个，同时也给了他一个。他再盯着妇女端详了许久，妇女嘴角的那颗黑痣和眉宇间流露出的神态是那样熟悉和遥远。最后他试探着说："姐姐？"

而这时妇女早已泣不成声。

后来他才知道，当年姐姐被大嫂卖给了人贩子，这十多年姐姐一直在西部一个穷山沟里和一个瘸腿男人过。男人比她大十来岁，她是男人花钱从人贩子手里买来做老婆的。前些年男人过世了，她一个人实在无力养活一大家子，于是，在一天清晨随人来到南方。初到南方的那些年她什么都不会，先后干过勤杂工，收垃圾什么的。

聆听完姐姐的伤心事他欲哭无泪，童年的一把棒棒糖让姐姐付出了十几年的悲惨际遇。这份伤痛他是无论如何也挥之不去的。面对姐姐，他不由膝下一软，泣不成声地道："姐姐！"

这一次这一声喊是发自内心的。他原本以为自母亲走后他的心不会再疼，但此一刻他森严壁垒填满积怨的心却在十年的忏悔和遗憾中崩溃无存。